Das Bootshaus des Grauens
Autor: Marc Freund

ISBN 978-3-86422-553-6

Impressum:

Roegelsnap Buch & Hörbuchverlag
www.verlag.roegelsnap.de
Bodenwiesenstraße 16
97852 Schollbrunn / Spessart
Tel.: +49 09394 - 8101
Fax.: +49 09394 - 8510
E-Mail.: service@roegelsnap.de
USt-IdNr.: DE 207311358
Gestaltung & Cover: www.grafik.roegelsnap.de
Bearbeitung: Doug van Roegelsnap
Schollbrunn / Spessart den 01 Mai 2019

Auch erschienen als Hörbuch.

Personen und Handlung dieses Buches sind frei erfunden. Ähnlichkeiten mit lebenden oder toten Personen sowie existierenden Unternehmen wären also rein zufällig.

Als Llois das Wasser der Dusche abstellte, hörte sie das Klingeln des Telefons im Wohnzimmer. In Windeseile schlang sie sich ein Handtuch um ihr nasses Haar und ein Badetuch um ihren Körper.

Sie wusste nicht, wie lange es bereits klingelte und durfte doch diesen Anruf nicht verpassen. Paul wollte sich melden, bevor er mit den Zwillingen auf die Fähre ging. Danach würde für mindestens zwei Stunden keine Verbindung mehr möglich sein.

Llois wischte sich das Wasser aus den Augen und wäre beinahe über einen Hocker gestolpert, als sie barfuss aus dem Bad durch den Flur ins Wohnzimmer rannte.

„Nicht auflegen, Paul“, rief sie und bahnte sich ihren Weg durch Stapel von leeren und vollen Umzugskartons. Der Apparat klingelte ein weiteres Mal.

Llois ließ sich vornüber auf das Sofa fallen, griff über die rechte Armlehne hinweg und angelte nach dem Telefon, das direkt auf dem Fußboden stand. Fast wäre ihr der Hörer beim Abheben aus der nassen Hand gerutscht. „Ja?“, rief sie erwartungsvoll.

„Spreche ich mit Mrs. Andergast? Mrs. Greta Andergast?”

Llois wusste im ersten Moment nicht, was stärker war: die grenzenlose Enttäuschung über den unbekannten Anrufer oder die Verwirrung über die Frage nach der verstorbenen Frau. „Nein", antwortete sie zögernd, „mein Name ist Landor. Mrs. Andergast ist … sie lebt nicht mehr hier."

„Oh", kam es aus der Leitung. Eine Pause entstand.

Llois hörte ein Rascheln, so als ob jemand Papier zerknüllte.

„Wo kann ich denn Mrs. Andergast erreichen?", fragte der Mann schließlich. Er hatte eine unangenehme raue Stimme.

„Ich habe mich vielleicht gerade nicht deutlich genug ausgedrückt", antwortete Llois. „Aber Mrs. Andergast ist vor etwa zwei Monaten gestorben. Ich bin die neue Mieterin."

Wiederum war nur ein Rascheln zu hören. Dieses Mal war Llois sicher, dass es sich um ein Stück Papier handelte. Was tat der Kerl da?

„Das wusste ich nicht, tut mir leid."

Noch ehe Llois antworten konnte, hatte der andere aufgelegt. Sie schüttelte den Kopf und legte langsam den Hörer auf die Gabel zurück. Irgendetwas an diesem Anruf beunruhigte sie. Oder lag es einfach an dem Umstand, dass sie todmüde war, weil sie sich die letzten vier Tage mit der Einrichtung ihres neuen Heims abgeplagt hatte? Es war noch soviel zu erledigen, bevor ihre drei Männer endlich nachkamen. Sehnsüchtig dachte sie an Paul und die beiden Jungen. Für sie würde der Aufenthalt auf der Fähre bereits ein Abenteuer sein. Und dann erst ihre neue Heimat an der Kanadischen Westküste ...

Als das Telefon erneut klingelte, zuckte sie vor Schreck zusammen. Sofort riss sie den Hörer an sich.

„Gottseidank, Paul, ich dachte schon ..."

„Mrs. Andergast hat etwas, das mir gehört."

Llois konnte im letzten Moment einen Aufschrei unterdrücken. „Was soll das?", rief sie. „Ich habe Ihnen doch schon erklärt, dass Mrs. Andergast tot ist. Ich kann Ihnen nicht helfen."

Der Fremde ließ mehrere Sekunden verstreichen, ehe er antwortete. „Verzeihung. Ich würde Sie nicht stören, wenn es nicht wirklich wichtig wäre. Aber Mrs. Andergast hat etwas für mich aufbewahrt, das ich gerne abholen würde. Wenn möglich noch heute."

Llois fuhr ein Schauer über den Rücken. „Ich fürchte, das wird nicht möglich sein. Mrs. Andergasts Sachen sind nicht mehr hier. Das Maklerbüro hat das ganze Haus räumen lassen."

„Ich glaube, sie bewahrte es im Bootshaus auf", gab der andere ungerührt zurück. „Ich möchte es gerne abholen. Ich werde Sie auch nicht stören."

Der Knoten des Handtuches auf ihrem Kopf begann sich zu lösen. Llois riss es mit einer verzweifelten Bewegung herunter.

„Das ist mir nicht recht. Ich bin allein hier und ..."

In der Leitung ertönte ein Klicken. Der Fremde hatte die Verbindung getrennt.

Großartig, fluchte sie in Gedanken. Warum hatte sie ihn unbedingt mit der Nase darauf stoßen müssen, dass außer ihr niemand hier war? Ausgerechnet in dieser Einöde. Llois ertappte sich dabei, diesen negativen Begriff verwendet zu haben. Ihr Mann und sie hatten das Leben in New York satt gehabt und dieser Platz, etwa dreißig Meilen von Port Whales entfernt, erschien ihnen geradezu ideal, um ein neues Leben zu beginnen.

Das erste Mal fragte sie sich, ob es die richtige Entscheidung gewesen war. Und dabei waren noch nicht einmal alle Kartons ausgepackt.

Llois stellte das altmodische grüne Telefon auf die Sofalehne, erhob sich langsam und ging zur großen Glastür hinüber. Daneben befand sich ein Kippschalter. Sie betätigte ihn und augenblicklich wurde der weitläufige Garten hinter dem Haus in ein dezentes Licht getaucht. Die Grünfläche war mit Weiden bewachsen, durch deren tief hängenden Äste der Wind fuhr und ihnen ein unheimliches Eigenleben einhauchte. Dazwischen gaben sie den Blick frei bis zum See hinunter. Die Leuchten rechts und links des Holzstegs waren angegangen. Dahinter lag das Bootshaus.

Llois registrierte beiläufig, dass es zu regnen begonnen hatte. Die Tropfen gaben der Oberfläche des Sees den Anschein, als würde das Wasser brodeln.

Bei diesem Wetter wollte dieser Kerl hier herausfahren? Llois streifte der Gedanke, ob es sich bei den Anrufen um einen Scherz gehandelt haben könnte. Sie verwarf diese Möglichkeit sofort wieder. Der andere schien Dinge über dieses Haus und seine ehemalige Bewohnerin zu wissen, die man nicht zufällig wusste, schon gar nicht, wenn man einen Unfug wie einen wahllosen Telefonstreich vorhatte.

Was sollte sie tun, wenn der Kerl tatsächlich hier auftauchte? Oder sich am Bootshaus zu schaffen machte? Sollte sie ihn aufhalten? Verdammt, wenn Paul doch nur schon hier wäre.
Llois wurde der Umstand bewusst, dass sie außer dem Badetuch keine Faser am Leib trug. Umso schlimmer, wenn hier plötzlich ein fremder Mann vor dem Fenster stand. Noch dazu, wo noch keine Vorhänge angebracht waren.
Sie ging ins Bad zurück und zog sich an. Vor dem halb beschlagenen Spiegel blieb sie einige Sekunden stehen. Sie blickte in ein unsicher wirkendes und müdes Gesicht, das einmal so viel Entschlusskraft ausgestrahlt hatte. Was war nur los mit ihr?
Das Klingeln des Telefons riss sie aus ihren Gedanken. Prompt begann ihr Herz schneller zu schlagen. Wenn das wieder dieser Kerl war ... Sollte sie drangehen? Und wenn es nun Paul war? Llois glaubte insgeheim nicht mehr daran. Auf einmal hatte sie es nicht mehr eilig, zum Apparat zu gelangen. Fast hoffte sie, der Anrufer würde es sich anders überlegen und den Hörer einhängen. Dennoch trat sie mit jedem Klingeln zwei Schritte näher und hielt wenig später trotzdem

den Hörer in der Hand. Sie sagte keinen Ton, sondern hob nur ab.
Sie erwartete, die raue Stimme des Fremden zu hören oder das Rascheln von Papier.
„Llois? Bist du da?"
„Oh, Gottseidank, Paul, du bist es", entfuhr es der jungen Frau. Sie musste sich beherrschen, nicht in Tränen auszubrechen.
„Um Himmels Willen, Llois, ist etwas nicht in Ordnung?" Paul wirkte besorgt. Hinter ihm war die Hupe eines Wagens zu hören und diverse Stimmen, die durcheinander riefen.
„Wo steckst du, Paul? Geht es den Jungs gut?"
„Jason und Justin sind hier bei mir. Alles in Ordnung, Llois. Wir hatten nur eine Panne mit unserem Wagen. Mr. Duval war so freundlich, uns bis hierher mitzunehmen. Er stammt aus Port Whales. Die Fähre legt jeden Moment ab, aber ich wollte dich vorher unbedingt ..."
„Paul", unterbrach Llois, „ich habe Angst." Sie berichtete ihm in Eile von den beiden Anrufen. Für einen Moment hatte es Paul die Sprache verschlagen.

„Hör zu“, sagte er schließlich. „Ich muss auf das verdammte Schiff. Schließe alle Türen ab, ja? Und lass’ niemanden herein, auch wenn er noch so beharrlich ist. Bleib’ in der Nähe des Telefons, vielleicht finde ich eine Möglichkeit, von hier aus zu telefonieren. An Bord muss es ja so etwas geben.“

„Und was ist mit dem Bootshaus?“, fragte Llois mit dünner Stimme.

„Ach was. Vergiss’ es. Was kann der Typ da schon wollen? Selbst wenn er es einreißt, wär’ es nicht schade drum. Du bleibst im Haus, egal was passiert. Hast du mich verstanden?“

Llois nickte. Dann wurde ihr bewusst, dass er diese Reaktion ja gar nicht mitbekam und schob ein „Ja“ hinterher.

„Ich muss Schluss machen, Llois. Sie haben gerade das letzte Signal gegeben. Ich liebe dich.“

Das Klicken in der Leitung führte ihr vor Augen, dass sie ab jetzt allein war. So gut es getan hatte, Pauls Stimme zu hören, so groß war jetzt die Ernüchterung. Seltsam, wie nahe solch intensiven Gefühle manchmal direkt aufeinander folgten.

Ihre Hände schwitzten, als sie den Hörer zurück auf die Gabel legte. Im selben Moment hörte sie draußen ein Poltern. Llois fuhr in die Höhe. War es möglich, dass der Unheimliche bereits hier war? Keine der beiden Türen zum Haus waren abgeschlossen.

Llois rannte los. Sie stürmte aus dem Wohnzimmer und durchquerte den geräumigen Flur. Fast erwartete sie, dort eine Gestalt zu sehen, die sie erwartete, doch ihre überreizten Sinne spielten ihr einen Streich. Der Haustürschlüssel steckte von innen. Sie drehte ihn zweimal herum. Zurück durch den Flur, am Gästezimmer vorbei. Über einen weiteren schmalen Flur gelangte sie in die Waschküche. Das Poltern wiederholte sich in diesem Moment. Llois öffnete die Tür einen winzigen Spalt und erkannte einen leeren Kanister, der vom Wind fortgerissen und gegen einen Holzzaun geschleudert worden war, wo er sich verkeilt hatte. Sie schlug die Tür zu und schloss sie sorgfältig ab. Ihr Herz hämmerte. Llois blieb eine Weile so stehen und atmete tief durch. Sie musste aufpassen, dass sie nicht hysterisch wurde. Sie wurde wütend auf sich selbst. Nur weil so ein Spinner zweimal angerufen hatte, war sie drauf und dran, durchzudrehen. Llois schüttelte ärgerlich den Kopf und ging zurück ins Wohnzimmer.

Es gab noch so viel zu erledigen. Ihr Blick wanderte zu dem Stapel unausgepackter Kartons hinüber. Sie alle waren beschriftet und in den meisten befand sich ihrer Schätzung nach Kinderspielzeug. Sie konnte damit anfangen, die Regale der Achtjährigen einzuräumen oder ... Ein anderes Geräusch riss sie aus ihren Überlegungen. Hatte sie Schritte auf dem Kiesweg gehört? Eigentlich unmöglich, überlegte sie. Bei dem Wetter da draußen wurden nahezu alle anderen Geräusche verschluckt.

Als sie an die Glastür trat, sah sie ihn.

Seine gelbe Regenjacke und die ebensolche Kopfbedeckung waren nicht zu übersehen, als er sich gegen den Wind zum Bootshaus hinunterkämpfte. Llois schluckte schwer und trat in den Schutz der Kartons zurück. Nichts wäre ihr in diesem Augenblick unangenehmer gewesen, als wenn der Kerl sie entdeckt hätte. Vorsichtig schob sie ihren Kopf vor.

Der Mann (an seinem Gang wurde offensichtlich, dass es sich um einen Mann handelte) setzte seinen Weg weiter fort. Llois erkannte, dass der rechte Ärmel seiner Jacke leer herunterhing und im Wind flatterte.

Jetzt war der Unheimliche auf dem Steg, der zum Bootshaus führte. Der Wind blies inzwischen so stark, dass er offenbar Mühe hatte, sich auf den Beinen zu halten.

Llois atmete tief ein und aus. Sollte der Kerl doch holen, was er suchte und dann auf immer aus ihrem Leben verschwinden.

Sie bemerkte schnell, woran genau dies scheitern würde. Sie hatte heute Morgen an der Vorder- und der Hintertür des Bootshauses Vorhängeschlösser angebracht. Die Schlüssel befanden sich in der Obstschale auf dem Wohnzimmertisch.

Llois vergaß jede Vorsicht und trat wieder direkt an die Tür.

Der Fremde hatte ihr den Rücken zugekehrt und an seinen ruckartigen Bewegungen erkannte sie, wie er sich mit dem Schloss abmühte. Vermutlich ohne Erfolg, denn sie hatte beim Kauf auf eine anständige Qualität geachtet.

Als der Einarmige sich plötzlich umdrehte und in ihre Richtung sah, fluchte Llois laut. Verdammt, sie hatte das Gefühl, als hätte er ihr gezielt in die Augen gesehen. Als hätte er längst gewusst, dass sie hier oben hinter der Tür stand.

Sie huschte zur Seite, aus seinem Blickfeld heraus und wusste doch, dass es zu spät war.

Was würde er jetzt tun? Und wie sollte sie reagieren? Ihre Gedanken überschlugen sich. Unbewusst blickte sie sich nach einer brauchbaren Waffe um. Pauls Automatikpistole war irgendwo in einem der unbeschrifteten Kartons gelandet, die sie in aller Eile gepackt hatten. Ihr würde nicht die Zeit bleiben, sie zu durchwühlen.

Über dem gemauerten Kamin lag ein klobiger Feuerhaken. Llois griff danach und fühlte sich augenblicklich sicherer.

Da klopfte es an der Haustür. Nicht verhalten, wie man es vielleicht erwartet hätte, sondern wuchtig und fordernd. Die Schläge hallten dumpf durch den Flur.

Llois wanderte wie in Trance durch das Wohnzimmer, vorbei an der Treppe, bis sie vor der Tür stand. Gerade rechtzeitig, um zu sehen, wie jemand von außen die Klinke herunterdrückte. Dann wurde wieder gegen die Tür gehämmert.

„Hallo Miss? Das Bootshaus ist abgeschlossen. Ich weiß, dass Sie da sind, Miss!“

„Was wollen Sie?“, rief Llois durch die geschlossene Holztür.

„Den Schlüssel für das Bootshaus. Ich hole mir nur mein Eigentum.“

„Verschwinden Sie!“, schrie Lois zurück. Ein Tropfen Speichel flog gegen die Tür. Llois beobachtete, wie er am Holz herab rann und versiegte.

„Ich will den verdammten Schlüssel haben!“, rief der Unheimliche zurück. Etwas krachte gegen die Tür, so dass Llois unwillkürlich zurück sprang. Der andere schickte einen wüsten Fluch hinterher, doch klang dieser jetzt von weiter entfernt.

Llois lehnte sich gegen das Treppengeländer und legte den Kopf in den Nacken. Sie dachte an Paul und die Fähre. „Und noch 15 Minuten bis Buffalo“, flüsterte sie zu sich selbst.

Das Splittern der Verandatür riss sie jäh aus ihren Gedanken. Sie hatte jetzt genau zwei Möglichkeiten. Entweder sie versuchte zu fliehen oder sie stellte sich dem Eindringling. Llois packte den Schürhaken fester. Aus dem Wohnzimmer war ein Poltern zu hören, dann schwere Schritte. Sie atmete tief durch und bewegte sich vorsichtig durch den Flur.

Er stand mitten im Raum. In seinem Regenzeug hätte er nicht deplatzierter wirken können. Seine Blicke irrten hin und her und blieben schließlich auf Llois haften. Sein Mund verzerrte sich augenblicklich zu einem abstoßenden Grinsen. Seine Zähne waren braun verfärbt und nur noch spärlich vorhanden. Der Mann hatte eine spitze Nase und ein hervorstehendes Kinn, das mit grauen Bartstoppeln überwuchert war. Von seiner breiten Regenmütze tropfte Wasser herab und bildete auf dem Holzfußboden kleine Lachen.

„Verschwinden Sie auf der Stelle!“, schrie Llois den Kerl an und ob demonstrativ den Schürhaken in die Höhe. Sie hatte ihn nun mit beiden Händen umklammert.

Der Fremde trat unbekümmert näher. „Ich will die Schlüssel“, forderte er. „Warum haben Sie das Bootshaus abgeschlossen? Es wäre nichts geschehen, wenn ...“ Plötzlich griff er nach ihr. Llois schlug sofort zu. Sie hatte alle Kraft in den Hieb gelegt. Doch der andere war unglaublich schnell. Er wandte sich ab, so dass ihrem Schlag die Wucht genommen wurde. Der Feuerhaken traf den losen Jackenärmel und verfing sich darin. Der Einarmige trat ruckartig einen Schritt zurück und riss ihr den Gegenstand aus der Hand.

Llois keuchte überrascht.

Der Haken fiel polternd und außerhalb ihrer Reichweite zu Boden.

Der Fremde sprang Llois unvermittelt an, mit einer Behändigkeit, die sie ihm für sein Alter nicht zugetraut hätte. Seine dürren Finger verkrallten sich in ihrem Pullover und rissen sie herum. Llois stürzte vornüber, dem anderen direkt in den Arm. Mit einer Bewegung hielt er sie umklammert. Sein bärtiges Gesicht beugte sich zu ihrem herab. Sein Atem roch nach Fisch.

Llois keuchte. Sie versuchte, sich aus seinem Griff zu befreien, doch der Kerl schien ungemein kräftig zu sein. Sie hatte ihn unterschätzt.

„Ich mag es nicht, wenn man versucht, Spielchen mit mir zu spielen“, drang es aus seiner Kehle. Es war mehr oder weniger ein Flüstern gewesen, doch seine Lippen hatten dabei fast ihr Ohr berührt.

Llois Finger verkrampften sich im Ärmel seiner Regenjacke doch es gelang ihr nicht, den eisernen Griff zu lockern.

„Rücken Sie den Schlüssel raus, oder ...“ Der Einarmige sprach den Satz nicht zu Ende, sondern verstärkte stattdessen den Druck auf ihre Kehle.

Llois bekam keine Luft mehr. Verzweifelt stemmte sie sich gegen den Fremden, schlug um sich und versuchte nach ihm zu treten. Ihre Bemühungen gingen ins Leere. Irgendwann gab sie ihren Widerstand auf.

Darauf hatte der Fremde gewartet. Er lockerte seinen Griff und Llois stürzte röchelnd zu Boden. Eine dürre Hand tauchte direkt vor ihren Augen auf.

„Den Schlüssel"

Llois deutete zum Wohnzimmertisch hinüber, auf dem die Schale mit übrig gebliebenen Schrauben und Schlüsseln stand.

Der andere folgte ihrer Geste und nickte. Dann packte er sie am Kragen und schleifte sie kurzerhand mit sich. Er wühlte auf dem Tisch herum, bis er die Obstschale erblickt hatte. Mit einer gezielten Bewegung angelte er sich die beiden kleinen Schlüssel heraus, warf sie kurz in die Luft und fing sie sicher wieder auf. Ein raues Lachen drang aus seiner Kehle.

„Wolltest den alten Henry zum Narren halten, was? Das haben schon andere ohne Erfolg versucht. Komm mit."

Llois blickte irritiert zu ihm auf. Sie rang noch immer nach Luft. Mühsam klammerte sie sich an die Tischkante und zog sich daran in die Höhe. „Sie wollen, dass ich mitkomme? Warum? Bitte lassen Sie mich hier und nehmen Sie sich, was Sie wollen."

Der Alte, der sich selbst Henry genannt hatte, lachte hämisch. „Das könnte dir so passen. Damit du mich von hier oben wie eine Tontaube abknallen kannst, ja?“ Er steckte die Schlüssel in die Jackentasche und packte sie abermals grob am Arm.

Llois versuchte, sich dagegenzustemmen doch sie erkannte schnell, dass es sinnlos war. Der Einarmige war ihr kräftemäßig weit überlegen. Sie folgte ihm in den Regen hinaus, der jetzt quer über das Gelände trieb. Im Nu war sie durchnässt. Doch das war im Moment ihr kleinstes Problem.

Sie stolperten über den durchweichten Rasen auf den Kiesweg hinaus. Von dort ging es hinunter zum See. Henry legte ein Tempo vor, dass Llois kaum Schritt halten konnte. Mehr als einmal stolperte sie, dass ihre Zähne hart aufeinander schlugen.

Das Geräusch ihrer Schritte änderte sich zu dumpfen Lauten. Sie hatten den Holzsteg erreicht, der zum Bootshaus führte. Er ragte bis weit in den See hinaus. Das massive Holzhaus lag auf der rechten Seite, mitten im Wasser. Es verfügte über eine Vorder- und eine Hintertür. Beide erreichte man über eine Umrandung aus massiven Bohlen.

Henry versetzte Llois einen Stoß, der sie weiter nach vorne taumeln ließ. Sie fing ihren Sturz an der Holztür ab. Das Haar klebte ihr am Kopf. Durch den Regenschleier sah sie, wie der andere näher kam.

Seine Hand wühlte in der Jackentasche und zog die silbernen Schlüssel hervor. Er hielt sie Llois hin. „Aufmachen."

Llois gehorchte. Sie griff nach den Schlüsseln, peinlich darauf bedacht, seine Hand nicht zu berühren. Fieberhaft versuchte sie sich zu erinnern, welcher der Schlüssel für die Vordertür war. Sie hatte Glück, der Erste passte. Sie öffnete das Schloss und schob den schweren Riegel beiseite. Die Tür schwang ihr knarrend entgegen.

Fragend blickte sie den Einarmigen an, während ihr der Regen ins Gesicht peitschte und das Wasser ringsum aufwühlte. Unter normalen Voraussetzungen hätte sie diesem Naturschauspiel Bewunderung beigemessen doch nun nahm sie es lediglich am Rande wahr. Ein zusätzlicher Umstand, der sie irritierte.

Das Alte bugsierte sie grob durch die Tür und unterstrich damit noch einmal, dass er sie so schnell nicht würde gehen lassen. Er folgte ihr und zog die Tür hinter sich zu.

Im Innern war es stockfinster. Der Wind zerrte an dem Holzhaus, überall knackte es im Gebälk.

Henry hatte ein Feuerzeug entzündet. Der Schein der kleinen Flamme zuckte unruhig über die Wände. Er kniff die Augen zusammen, sah sich um und stieß einen lauten Fluch aus. „Ich habe meine Taschenlampe im Wagen vergessen."

Für einen Augenblick, vielleicht für die Dauer von zwei Sekunden, sah er unschlüssig aus. Llois dachte, dass ihn dieser Ausdruck verwundbar erscheinen ließ.

Doch die nächste Ernüchterung folgte sofort. Offenbar hatte Henry an der Rückwand des Bootshauses etwas entdeckt, was sein Interesse geweckt hatte. Grob stieß er sie vor sich her.

Llois taumelte zurück und hätte sich um ein Haar in einem Stapel durchlöcherter Fischernetze verfangen.

Henry stellte das Sturmfeuerzeug auf einem Querbalken ab und griff nach rechts herüber. Dort nahm er ein langes Seil von der Wand.

Noch ehe Llois etwas sagen konnte, hatte er bereits damit begonnen, sie an die hintere Tür zu fesseln. Dabei ging er geschickter vor als manch unversehrter Mann.

Zum ersten Mal keimte in Llois so etwas wie Panik auf. „Was haben Sie mit mir vor? Was soll das?“

Henry besah sich sein Werk und kicherte zufrieden. „Ich kann doch nicht riskieren, dass du mir abhaust, bevor ich mit der Lampe zurück bin. Warte nur ab, Missy, ich bin gleich wieder da.“ Damit wandte er sich ab und trat wieder in den Regen hinaus.

Wie lang würde er fort sein? Fünf Minuten vielleicht? Mehr sicher nicht, denn Henry war schnell für sein Alter.

Llois zerrte an ihren Fesseln und spürte bereits, wie ihr das viel zu straff gespannte Seil in die Handgelenke schnitt. Es schien aussichtslos. Nur wenige Zentimeter neben ihr flackerte noch immer in Augenhöhe das Feuerzeug. Noch nie war ihr so eine kurze Distanz so unüberwindbar erschienen. Ihre Blicke irrten durch das Halbdunkel und blieben schließlich auf einen Gegenstand auf dem Fußboden haften. Sie konnte nicht erkennen, was da lag, traute sich aber zu, ihn mit ihren ungefesselten Füßen zu erreichen. Llois hatte die Arme angewinkelt, die Hände wie zum Gebet aneinandergelegt. Und tatsächlich betete sie in diesem Augenblick, das dunkle Etwas vor ihr auf dem Boden erangeln zu können, bevor Henry zurück war. Sie schob ihren Unterkörper so weit vor wie es ging. Sie ächzte vor Schmerz, als sich das dünne Seil noch weiter in ihre Handgelenke scheuerte. Tränen traten in ihre Augen. Llois versuchte, sie wegzublinzeln. Dann schob sie ihr rechtes Bein vor und tastete nach dem Gegenstand. Ihr fehlten zwei Zentimeter. Sie keuchte.

Draußen war ein Geräusch zu hören gewesen. Konnte das bereits Henry gewesen sein?

Llois verdoppelte ihre Anstrengungen. Noch einmal schob sie sich so weit vor wie möglich und streckte ihr Bein aus, bis es schmerzte. Die Sehnen in ihren Zehen spannten sich und tatsächlich gelang es ihr dieses Mal, den Gegenstand nicht nur zu berühren, sondern ihn einige wenige Zentimeter mit ihrem Fuß mitzuschleifen.

Noch immer wusste sie nicht, wonach sie da eigentlich angelte, denn das Licht war zu schwach. Aber es war der einzig erreichbare Gegenstand für sie. Ihre einzige Hoffnung in diesem Moment. Ein letztes Mal sandte sie ihr rechtes Bein aus. Ihr Fuß trat auf etwas Hartes, möglicherweise Metallisches. Ein leises Scharren ertönte, als sie es ganz zu sich heran zog. Als der Gegenstand in den Lichtkreis der kleinen züngelnden Flamme rückte, hätte Llois beinahe aufgeschrien. Was da im dämmrigen Schein vor ihr lag, war eine Schere. Hoffnungslos verrostet zwar, aber vielleicht doch für ihre Zwecke brauchbar.

Geschickt schob sie den Gegenstand mit dem rechten Fuß auf ihren linken und balancierte ihn aus. Dann hob sie vorsichtig das linke Bein so hoch es ging, drehte ihren Oberkörper ein wenig und griff mit ihren Händen, die sie nur sehr eingeschränkt bewegen konnte, nach der Schere. Sie spürte das rostige Metall auf ihrer Haut. Vor Freude atmete sie schneller. Es kostete sie einige Mühe, die Schere zu öffnen. Dann endlich war sie soweit.

In dieser Sekunde waren Schritte auf dem Steg zu hören. Wenig später irrte der Lichtkegel einer starken Taschenlampe auf und ab. Henry war wieder da. Kein Zweifel.

Sie drehte ihm halb den Rücken zu, um ihren Fund zu verbergen. Fieberhaft ließ sie das Blatt der Schere über das Seil an ihrem linken Handgelenk fahren. Erst als Henry das Bootshaus betrat, verlangsamte sie ihre Bewegungen.

Der Einarmige leuchtete ihr direkt ins Gesicht, wie um sich zu überzeugen, ob sie in der Zwischenzeit auch nicht unartig gewesen war. Er sagte nichts. Nur ein missfälliges Grunzen drang aus den Tiefen seines Rachens.

Für einen Moment stand Llois stocksteif da und beobachtete, was Henry vorhatte.

Sorgsam ließ er den Schein seiner Lampe über die Regale neben der vorderen Tür gleiten. Sie waren vollgestopft alten Farbeimern, Zeltplanen, Decken, Werkzeug und allem anderen erdenklichen Zeug. Offenbar hatte das Maklerbüro bei der Räumung des Wohnhauses nicht an das Bootshaus gedacht.

Henry stellte die Lampe ab und begann damit, die Regale zu durchwühlen. Eimer und Blechdosen polterten herunter und rollten auf den Dielen hin und her.

Währenddessen nahm Llois ihre Tätigkeit wieder auf. Die ersten Fasern hatte sie mit ihrem Werkzeug bereits durchtrennen können. Es war eine mühsame und schmerzhafte Arbeit, aber sie wollte ihm einfach nicht auf diese Weise ausgeliefert sein. Wer sagte ihr, dass er einfach so wieder abzog, nachdem er gefunden hatte, wonach er suchte?

Sie konnte es sich nicht leisten, sich auf ein Vielleicht zu verlassen. Solange er mit Suchen beschäftigt war, hatte sie eine Chance, sich aus eigener Kraft unbemerkt von ihren Fesseln zu befreien.

„Verdammt“, schrie Henry plötzlich und stampfte wütend mit dem Fuß auf. „Wo zum Teufel hat sie sie versteckt? Sie muss hier im Bootshaus sein, da bin ich mir sicher.“ Er trat nach einer noch vollen Konservendose, die zu einem gefährlichen Geschoss wurde und nur knapp neben Llois Kopf gegen die Wand knallte.

Erschrocken schrie sie auf.

Henry hatte diesen Zwischenfall nicht einmal bemerkt. Er war jetzt dazu übergegangen, den Boden abzusuchen. Dieser Vorgang dauerte etwa zwanzig Minuten. Er suchte buchstäblich jeden Zentimeter ab.

Wäre Llois nicht ebenso beschäftigt gewesen, hätte sie sich sicher einmal mehr gefragt, wonach um alles in der Welt er hier drinnen suchte. Insgeheim kam sie zu dem Schluss, dass der Gegenstand für ihn ungeheuer wertvoll sein musste.

Irgendwann knarrte eine der Dielen unter seinen Schritten. Henry blieb sofort stehen und bückte sich. Dann stieß er einen Schrei aus, der einem Triumphgeheul gleichkam. Wiederum stellte er die Lampe auf dem Boden ab, krümmte seinen Zeigefinger und steckte ihn in ein Astloch in einem der Bretter.

Llois erkannte im Schein der Lampe, wie sich der alte Mann anspannte. Dann ruckte sein Oberkörper in die Höhe und im selben Moment war das Splittern von Holz zu hören. Er hatte tatsächlich eines der Dielenbretter mit der Kraft seines Zeigefingers herausgerissen.

Llois schüttelte den Gedanken ab und säbelte mit der Schere weiter an dem Seil, das sie an den Türgriff fesselte.

Henry zerrte an der Diele herum. Die Splitter verteilten sich auf dem Boden. Endlich hatte er einen schmalen Hohlraum freigelegt, in dem etwas verborgen lag. Der Einarmige bückte sich danach und hielt wenig später ein in ein Wachstuch eingeschlagenes Bündel in der Hand.

Er hob es zum Mund und zerrte mit den Zähnen an dem Band, mit dem es verschnürt war. Mit einem Ruck hatte er es durchtrennt und spie das lose Ende vor Llois auf den Boden.

Ihr Blick hing wie gebannt an dem Einarmigen, wie er die losen Enden des Wachstuches auseinanderschlug. Llois konnte einen Schrei nicht unterdrücken als sie erkannte, was da zum Vorschein kam. Es war eine menschliche Hand. Sie bestand nur noch aus Knochen. An dem Ringfinger steckte ein auffälliger Ring mit einem großen blutroten Stein.

„Endlich“, stieß Henry hervor. Er nahm die Hand beinahe zärtlich an sich und betrachtete sie ausgiebig. Dann sah er zu Llois herüber. Er trat zwei Schritte auf sie zu.

„Es ist mein Ring“, flüsterte er zwischen seine braunen Zähne hindurch. „Sie hat ihn über Jahre vor mir verborgen gehalten. Ich konnte ihn nicht holen, solange sie lebte.“

Llois zog angewidert ihren Kopf zurück. Sie wollte ihn fragen, von wem er redete, doch dann fiel ihr ein, dass es sich nur um Greta Andergast handeln konnte. Wollte er etwa behaupten, dass die alte Frau jemandem die Hand abgeschlagen hätte, nur um sie hier in ihrem Bootshaus zu verstecken? Vor wem? Sie blickte den Alten von Kopf bis Fuß an, während dieser sich wieder dem Ring zuwandte. Für einige Sekunden starrte sie auf seinen leeren rechten Jackenärmel. In ihr keimte ein furchtbarer Verdacht.

„Es ... es ist Ihre Hand, nicht wahr?“

Henry tat so, als hätte er sie nicht gehört. Dann breitete sich ein Grinsen über sein Gesicht aus. „Wie haben Sie das erraten? Oh, ich kann mein kleines Handicap schlecht verbergen, stimmt's?“ Er stieß ein bitteres Lachen aus. „Ja, Sie haben Recht, es ist meine Hand. Jetzt sind es nur noch ein paar nutzlose Knochen.“

Er klemmte sich die Hand zwischen seine Beine und zog den Ring ab. Die Knochen fielen klappernd zu Boden.

Llois achtete darauf, ihren Oberkörper so zu drehen, dass Henry ihre Hände nicht sehen konnte. Sie fuhr fort, ihre Fesseln zu durchtrennen. Es gab einen kurzen Ruck und sie war frei. Hastig scharrte sie die heruntergefallenen Seilenden mit den Füßen beiseite. Ihre Hände hielt sie nach wie vor erhoben, um den Eindruck zu erwecken, sie sei nach wie vor an die Tür gefesselt.

Henry ließ den Ring durch die Finger seiner linken Hand wandern und brachte es mit einer geschickten Bewegung fertig, ihn sich an den Ringfinger zu stecken. Er passte tadellos und er passte irgendwie auch zu Henrys ganzer Erscheinung. Etwas Geheimnisvolles, Magisches umgab diesen Ring.

Dann beging Llois einen entscheidenden Fehler. Sie wusste nicht warum, aber sie wollte mehr über diesen Mann herausfinden. „Was haben Sie getan, dass Ihnen Mrs. Andergast die Hand abgetrennt hat? Das hat sie doch?"

Henry drehte sich langsam zu ihr um. Er lächelte jetzt nicht mehr. „Ja, das hat sie", antwortete er.

„Warum?", hakte Llois nach. „Was haben Sie ihr getan, dass sie auf solch einen Gedanken kam? Wer sind Sie?"

Henry kniff die Augen zusammen. „Sie fragen zuviel, Miss. Das ist nicht gut. Gar nicht gut. Warum sind Sie hierher gekommen? Was wollen Sie hier? Menschen wie Sie sollten in den Städten bleiben. Da sind Sie besser aufgehoben. Hier draußen in der Wildnis haben Sie nichts verloren."

Er drehte sich um und ging zurück zu den Regalen. Er nahm einen großen Kanister heraus und schraubte den Deckel auf. Dann trat er kurzerhand dagegen.

Llois verspürte sofort den starken Geruch des auslaufenden Benzins. Henry sah sie grimmig an. „Tut mir leid. Würden Sie nicht überall ihre Nase reinstecken und hätten Sie das verdammte Bootshaus nicht abgeschlossen, dann wüssten Sie gar nicht, dass es mich überhaupt gibt."

Während der Inhalt des Kanisters sich noch immer in gluckernden Geräuschen über den Dielenboden ergoss, ging er auf Llois zu und griff sich das Sturmfeuerzeug. Demonstrativ hielt er es in die Höhe.

Bevor er es mit dem Benzin in Berührung bringen konnte, stürmte Llois mit einem wütenden Schrei auf ihn.

Henry machte eine abwehrende Handbewegung und drehte sich dabei zur Seite. Die rostige Schere fuhr ihm bis zur Hälfte in die rechte Schulter.

Der Alte schrie auf und schlug um sich. Er taumelte, noch immer das züngelnde Feuerzeug in der Hand. Er versperrte den Weg zur Vordertür.

Da erinnerte sich Llois an die Schlüssel, die sie in die Tasche gesteckt hatte. Das Schloss der Hintertür war von innen angebracht. Hastig wich sie zurück und holte im Laufen die Schlüssel hervor.

Henry wirbelte herum und stieß einen erneuten Schrei aus. Diesmal war es Wut, die er ausdrückte. Llois fand auf Anhieb den passenden Schlüssel, riss das Schloss beiseite und stürmte zur Tür hinaus. Kalter Regen empfing sie.

Doch wohin jetzt? Sie musste das Haus umrunden, um an Henry vorbeizukommen. Sie rannte, so schnell es die rutschigen Bohlen des Stegs zuließen. Doch der Alte war schneller. Er fing sie an der Ecke des Bootshauses ab und trieb sie zurück, auf den Steg hinaus.

Llois geriet in Panik. Der Fluchtweg war versperrt und es trennten sie nur noch wenige Meter von den Tiefen des Sees. Schritt für Schritt wich sie zurück.

Der Einarmige funkelte sie böse an. „Das hätten Sie nicht tun sollen, Miss."

Mit einem Sprung stürzte er sich auf sie.

Llois wollte ihm auf dem schmalen Steg ausweichen. Sie drückte sich gegen das Geländer. Ein hässliches Bersten ertönte, als das Holz unter ihrem Gewicht nachgab.

Llois ruderte mit den Armen, spürte, wie sie nach hinten kippte. Es folgte der kurze Moment des Fallens, dann schlossen sich die dunklen Fluten über ihr.

*

Kälte war das erste Gefühl, das sie wahrnahm. Sie wusste weder, wo sie war noch was mit ihr geschah. Die Kälte steckte tief in ihren Gliedern und beherrschte sie. Ihre Zähne schlugen in rascher Folge aufeinander. Als jemand versuchte, ihr eine heiße Flüssigkeit, vermutlich Tee, einzuflößen, begannen ihre Augenlider zu flattern.

Mit einem Schlag kehrten die Erinnerungen zurück. Sie schlug unkontrolliert um sich, hörte neben sich einen erschrockenen Laut. Etwas fiel zu Boden, klirrte.

Sie wollte schreien, doch als sie von ihrem Bett auffahren wollte, fiel sie vornüber in Pauls Arme und sie begann zu registrieren, dass sie in Sicherheit war.

„Mein Gott, Llois. Gottseidank." Das war Pauls Stimme direkt neben ihrem Ohr.

Llois spürte, wie er sie festhielt. Seine Finger gruben in ihrem nassen Haar. „Wie komme ich hierher?", fragte sie mit leiser Stimme.

Paul löste sich ein Stück weit von ihr und sah ihr in die Augen. „Ich habe dich da draußen gefunden, nachdem ich auf das Chaos im Wohnzimmer gestoßen bin. Du bist im Wasser gewesen, Llois. Und das Bootshaus hat gebrannt. Was um alles in der Welt ist hier passiert?"

„Das Bootshaus“, flüsterte Llois. Der Einarmige musste es doch noch angezündet haben. Sie erinnerte sich an einen Feuerschein, den sie in ihrer Panik unter Wasser wahrgenommen hatte. Sie war aufgetaucht und ... Ihr Magen rebellierte und sie musste sich übergeben. Würgend und hustend trennte sie sich von dem Wasser des Sees. Die Anstrengungen trieben ihr die Tränen in die Augen. „Er wollte mich umbringen“, presste sie schließlich hervor.

Für mehrere Sekunden sprach niemand.

„Wer wollte dich umbringen, Llois?“

Aus dem oberen Stockwerk hörte sie ein Poltern und das Lachen zweier Jungen. Beruhigt schloss sie für einen Moment die Augen. Sie waren alle wieder zusammen. Endlich.

Jetzt erst nahm sie wahr, dass Paul seine Frage inzwischen wiederholt hatte.

„Der Einarmige“, sagte sie ruhig. „Der Mann, der hier angerufen hat, als du mit den Kindern auf der Fähre warst. Er heißt Henry.“

Paul riss die Augen auf. „Er ist tatsächlich hier herein gekommen?“

Llois nickte langsam und ließ sich in das Kissen zurücksinken. „Es war schrecklich. Er stand plötzlich im Wohnzimmer." Sie berichtete ihm alles, woran sie sich noch erinnern konnte.

Als sie fertig war, stand Paul auf und ging zum Fenster hinüber. Helles Sonnenlicht drang herein und verlieh ihm für einen Augenblick die Erscheinung eines Engels. Paul schob die Gardine beiseite und sah auf den See hinaus. Mehrere Minuten lang schwiegen sie sich an.

„Dr. Gardener wird gleich hier sein", sagte er schließlich. Llois bildete sich ein, dass er eigentlich etwas anderes hatte sagen wollen.

„Er kommt aus Port Whales und hat dich letzte Nacht bereits untersucht und versorgt. Er hielt es für besser, dich hierzulassen, nachdem er feststellte, dass du außer Lebensgefahr bist. Ich habe dich gerade noch rechtzeitig gefunden. Du hast dich an einem Ast über Wasser gehalten."

Llois hörte das Geräusch eines großen Geländewagens, der auf der Zufahrt zum Haus hielt. „Dr. Gardener?", fragte sie.

Paul nickte. Dann zog er die Gardine langsam wieder zu. „Wirst du ihm erzählen, was hier vorgefallen ist?", fragte er.

Llois blinzelte verwirrt. „Sollte ich das etwa nicht tun? Wenn er aus Port Whales kommt, dann besteht doch immerhin die Möglichkeit, dass er diesen Henry kennt."

Paul wiegte den Kopf hin und her. „Natürlich", sagte er dann. „Vielleicht hast du Recht. Ich habe nur überlegt, ob man die Sache nicht einfach auf sich beruhen lassen sollte. Ich meine, wir sind neu in dieser Gegend und ..."

„Paul", rief Llois dazwischen. „Dieser Mann hat versucht, mich umzubringen! Hast du mir denn nicht zugehört? Wir müssen es der Polizei melden. Wir ..." Llois brach unvermittelt ab. Schwere Schritte kamen die Treppe hinauf.

Dr. Gardener war ein Mann von etwa 55 Jahren. Sein Haar war bereits komplett ergraut. Sein ebenfalls grauer und gepflegter Schnurrbart verlieh seinem Gesicht einen seriösen und freundlichen Ausdruck.

„Störe ich?", fragte er, während er vorsichtig den Raum betrat.

„Aber keineswegs, Doktor", rief Paul aus.

Llois hatte den Eindruck, dass er froh war, sich nicht mehr allein mit ihr in diesem Zimmer befinden zu müssen. Ihre

Unterhaltung war im Begriff gewesen, auf einen handfesten Streit hinauszulaufen.
Dr. Gardener trat an das Bett heran und zwinkerte Llois freundlich zu. „Wie schön, dass es Ihnen besser geht. Wir waren vergangene Nacht sehr in Sorge um Sie."
Llois sah Paul an und kniff die Lippen zusammen. Sie ließ Gardeners Untersuchungen über sich ergehen. Der Arzt zeigte sich zufrieden.
„Ich habe Ihnen ein Mittel mitgebracht, dass Ihnen helfen wird, heute Nacht zu schlafen", sagte er. „Morgen sieht die Welt dann schon wieder anders aus." Er legte eine kurze Pause ein. „Es tut mir ausgesprochen leid, dass sie beide so einen schlechten Start in unserer wunderschönen Gegend hatten."
„Den habe ich streng genommen allein gehabt", gab Llois bissig zurück. Paul sah betreten zu Boden, während Gardener fragend die rechte Augenbraue hochzog.
„Sicher", antwortete er in väterlichem Ton. „Darf ich fragen, wie Sie gestern in diese Situation geraten sind?"
Llois überlegte. Sollte sie ihm die ganze Geschichte erzählen? Was hatte sie zu verlieren? Und immerhin bestand die

Möglichkeit, dass Gardener ihr weiterhelfen konnte. Sie erzählte ihre Geschichte ein weiteres Mal.

Gardener räumte in aller Ruhe seine Instrumente zusammen und verstaute sie stirnrunzelnd in seinem Koffer.

„Wie sagten Sie hieß der Mann, der Sie überfallen hat?"

„Henry", gab Llois knapp zurück. Sie ließ eine Beschreibung des Einarmigen folgen.

Als Gardener schwieg, hakte sie nach. „Kennen Sie diesen Mann, Doktor?"

„Nun", sagte der Arzt gedehnt, „Ihre Beschreibung passt auf einen Mann, der hier vor einigen Jahren gelebt hat. Nur hatte er zwei Arme. Aber der Rest passt und sein Name war Henry."

„War?", fragte Llois. Sie ließ Gardener dabei nicht aus den Augen.

Der Arzt erhob sich von der Bettkante. „Ja. Henry war der Mann von Greta Andergast, der dieses Haus gehört hat. Er hat sein ganzes Leben hier verbracht. Er ist vor etwa 20 Jahren gestorben."

Llois setzte sich im Bett auf. „Das kann nicht sein“, rief sie. „Er hat mich ins Bootshaus gezerrt. Er hat mich auf den Steg hinausgetrieben. Er hat versucht, mich zu töten.“

„Dann kann es auf keinen Fall Henry Andergast gewesen sein“, versuchte Paul zu beschwichtigen.

Llois ignorierte ihn. „Und Sie sind sicher, dass er zwei Arme hatte?“, fragte sie an Gardener gewandt.

Der Mediziner blickte sie ernst an. „Sicher. Ich habe ihn damals einige Male behandelt. Ich bin schon mein ganzes Berufsleben Hausarzt in Port Whales und Umgebung, müssen Sie wissen.“ Gardener nahm seinen Koffer in die Hand und wandte sich zum Gehen. „Er war ein eigenartiger Kauz, mied den Kontakt zu anderen. Seine Frau und er lebten hier draußen ein Einsiedlerleben. Tja, ich muss weiter, wenn ich vor Einbruch der Dunkelheit zurück sein will. Ich werde morgen früh noch einmal nach Ihnen sehen.“

Llois sah ihm nachdenklich hinterher. „Doktor?“, rief sie ihn zurück. „Woran ist Henry Andergast gestorben?“

Gardener drehte sich in der Zimmertür noch einmal um. „Er ist ertrunken“, sagte er knapp. „Draußen auf dem See. In einer Nacht wie gestern.“

Die Worte brachten in Llois eine dunkle Saite zum Klingen. Während die beiden Männer das Zimmer verließen, schlug sie die Bettdecke zurück und stellte ihre nackten Füße auf den Holzfußboden. Ein leichtes Schwindelgefühl hatte sie ergriffen. Sie verharrte für einen Moment in dieser Haltung.

Llois hörte, wie Paul den Arzt zur Tür brachte. Sie unterhielten sich in gedämpftem Ton, leide und dezent. Llois erhob sich vorsichtig, durchquerte das gemeinsame Schlafzimmer und blieb an der Tür zum Hausflur stehen.

„Halten Sie es für möglich, dass sie sich das alles nur einbildet, Doktor?“

Das war Pauls Stimme gewesen und augenblicklich spürte Llois, wie die Wut auf ihren Mann wieder zurückkehrte. Warum zum Teufel glaubte er ihr nicht?

Eine kurze Pause entstand. Llois hörte etwas rascheln. Vermutlich schlüpfte Dr. Gardener in seinen Mantel.

„Nun, Mr. Landor, das kann ich leider nicht mit Gewissheit sagen. Tatsache ist, dass hier etwas vorgefallen sein muss. Sehen Sie sich nur das Wohnzimmer an. Die Scherben der Glastür liegen im Innern, also muss die Scheibe von außen eingeschlagen worden sein. Wodurch oder durch wen kann ich nicht abschätzen. Sie sollten am ehesten wissen, ob Ihre Frau dazu neigt, sich Dinge einzubilden, Mr. Landor. Ist das etwa der Fall?"

„Nein. Nicht unbedingt." Pauls Antwort kam zögernd.

„Nimmt Ihre Frau regelmäßig Medikamente?"

„Sie hat ein relativ starkes Mittel gegen Migräne. Wenn sie das eingenommen hat, ist sie für Stunden nicht ansprechbar."

Wieder eine kurze Pause.

„Hm. Sie sollten darauf achten, dass sie ausreichend Ruhe bekommt, Mr. Landor. Es kann nicht schaden, wenn sie dazu das Schlafmittel nimmt, das ich Ihnen mitgebracht habe. Ich bin morgen wieder in der Gegend. Bin sicher, dass es Ihrer Frau dann schon wesentlich besser geht. Wegen der eingeschlagenen Tür und dem Feuer im Bootshaus sollten Sie vielleicht besser die Polizei verständigen."

Llois hörte, wie sich Gardener verabschiedete und Paul noch etliche Minuten regungslos im Flur stand. Sie konnte ihn atmen hören. Dann hörte sie Schritte.

Rasch trat sie an das Fenster.

Als Paul mitten im Raum stand, sah sie zum Fenster hinaus.

„Was denkst du, wie der Brand im Bootshaus entstanden ist, Paul?", fragte sie leise. Sie drehte sich um und sah ihm dabei in die Augen.

Paul zuckte die Achseln. Für einen Moment wirkte er hilflos wie ein kleiner Junge. Er trat neben sie und zog die Gardine zurück.

Das Bootshaus bildete einen traurigen Anblick. Es war noch fast vollständig erhalten, doch in der rechten Hälfte des Daches klaffte ein Loch. Die Balken waren größtenteils verkohlt. Einige ragten ziellos in den Himmel.

„Ich habe keine Ahnung, wie das passieren konnte", sagte Paul nach einer Weile. „Ich weiß nur, dass der Schuppen vermutlich komplett niedergebrannt wäre, wenn es letzte Nacht nicht so stark geregnet hätte." Plötzlich wurde Paul ernst.

„Llois, ich glaube, ich muss mich bei dir entschuldigen."

„Wofür?"

Paul machte eine ausweichende Handbewegung. „Für meine Skepsis. Ich habe mich gefragt, ob ich dir in den letzten Wochen nicht zuviel zugemutet habe. Die Verhandlungen mit dem Maklerbüro, die Behördengänge, die Einrichtung des Hauses und all das. Ich habe mir gestern verdammt große Sorgen um dich gemacht."

Llois spürte, wie ihre Wut ein wenig nachließ. Sie atmete tief aus und fasste ihren Mann an den Arm.

„Er ist hier gewesen, Paul", sagte sie leise. „Henry Andergast war letzte Nacht hier. Und er hat mich bedroht. Er hat das Bootshaus angesteckt."

Llois spürte, wie Paul sich unmerklich versteifte.

„Aber du hast doch gehört, was der Doktor gesagt hat. Henry Andergast ist vor vielen Jahren gestorben. Wer auch immer der Irre war, der nach dem Ring gesucht und dich dabei fast umgebracht hat, ER kann es nicht gewesen sein."

Llois presste die Lippen aufeinander und ließ Paul los. „Was zu beweisen ist."

Paul sah sie erschrocken an. „Was soll das heißen?"

Llois antwortete nicht. Sie schob ihn beiseite, ging zum Kleiderschrank hinüber und riss eine der Spiegeltüren auf. So schnell sie konnte, suchte sie nach frischer Kleidung und zog sich an.

„Llois, was hast du vor?", rief Paul.

Sie drehte sich kurz zu ihm um. „Ich weiß, was hier gestern geschehen ist. Und ich weiß, dass ich gestern drauf und dran war, das Geheimnis dieses Einarmigen zu lüften. Deswegen hat er versucht, mich umzubringen. Und wenn er erfährt, dass sein Plan nicht geklappt hat, dann wird er es wieder versuchen. Wenn es nicht Henry Andergast war, dann muss ich wissen, wer es sonst war. Ich fahre nach Port Whales. Wartet nicht mit dem Abendessen auf mich."

Llois fühlte sich auf eine unbeschreibliche Art frei, als sie das Haus verließ. So frei und unabhängig wie schon lange nicht mehr. Vor der Haustür blieb sie einen Moment stehen. Erst jetzt nahm sie den Brandgeruch war, der noch immer in der Luft lag. Für einen Augenblick war sie versucht, zum Bootshaus hinunter zu gehen, entschied sich dann jedoch dagegen.

Sie umrundete das Haus und öffnete das Tor der angeschlossenen Garage.

Als sie hinter dem Steuer des Geländewagens saß, wurde das Gefühl der Freiheit noch intensiver. Sie lenkte den Leihwagen (ihr eigener befand sich noch immer in der Reparatur) die langgezogene Zufahrt hinauf, die in ein kleines

Waldstück hineinführte. Dahinter lag die Straße nach Port Whales.

Sie hatte noch keine Ahnung, was genau sie jetzt zu tun hatte, doch sie wusste, dass ein Plan während der Fahrt in ihr reifen würde.

Zwei Meilen vor Port Whales wusste sie, dass sie das Zeitungsarchiv aufsuchen würde, in der Hoffnung, dass die kleine Stadt überhaupt über so etwas verfügte.

Sie musste mehrfach anhalten und die spärlich verstreuten Passanten nach dem Weg fragen, bis sie vor einem unscheinbaren Gebäude mit Flachdach stand.

Es lag ganz in der Nähe des Hafens aber diese Aussage traf vermutlich auf jedes Gebäude in dieser Stadt zu. Die leicht schäbig wirkende Holztür stand offen. Irgendwo plärrte Country Musik aus einem Radio.

Das Büro des Port Whales Journals glich einem Schlachtfeld. Den Mittelpunkt bildete dabei ein Schreibtisch, der als solcher kaum noch zu erkennen war. Er lag unter riesigen Stapeln von Papier begraben, wovon die unteren Schichten bereits vergilbt waren. In der Mitte stand ein Aschenbecher, der schon vor zwei Wochen kaum noch einem Zigarettenstummel Platz geboten haben konnte.

Auf einem schmalen Wandregal hatte jemand einen Becher Kaffee abgestellt. Er dampfte noch.

Gerade als Llois überlegte, wie sie sich bemerkbar machen sollte, hörte sie aus den hinteren Räumen schritte und kurz darauf eine raue Männerstimme.

„Ich will verdammt sein, wenn ich das weiß, Jake! Wenn du nicht so verflucht faul wärst, dann hättest du schon längst deinen Allerwertesten rausgeschwungen und selbst nachgesehen. Weißt du eigentlich, wie viel ... Oh!"

Vor Llois stand ein bärtiger Mann mit rotem Holzfällerhemd und roter Baseballkappe, die er falsch herum trug. Er setzte den schweren Aktenordner zielsicher auf die äußerste rechte Ecke des Schreibtisches und sah sie musternd an. „Kann ich Ihnen helfen, Miss?"

Llois räusperte sich. „Ich hoffe. Ich bin in einer etwas unglücklichen Lage und benötige dringend einige Informationen, die schon etwas länger zurück liegen."

Der Mann mit dem schwarzen Bart schob seine Mütze zurecht und kratzte sich am Kopf. „Tja, es kommt ganz darauf an, was es ist“, sagte er vorsichtig.

„Ich suche einen Mann“, sagte Llois gerade heraus. „Sein Name ist Henry. Andergast ist sein Nachname, wie ich vermute.“

Der Bärtige runzelte die Stirn. „Sie meinen den alten Henry? Den Mann von Greta?“

Llois atmete auf. Der Mann schien die beiden tatsächlich zu kennen. Damit hatte sie nicht gerechnet. Sie nickte eifrig.

„Ich fürchte, da kommen Sie etwa 20 Jahre zu spät, Miss. Henry Andergast hat's erwischt. Ist in seinem See abgesoffen wie ein Senkblei.“

Llois nickte erneut. „Ich hörte bereits davon“, sagte sie. „Aber ich würde gerne wissen, ob die Zeitung damals darüber berichtet hat und ob vielleicht noch Bilder von Henry Andergast existieren.“

Jetzt nahm der Mann seine Kappe ab und hing sie über die rechte Ecke seines Monitors.

„Sie haben Glück, Miss“, antwortete er nach einer Weile, während er in der Brusttasche seines Hemdes nach einer zerknitterten Packung Zigaretten fingerte. „Sie können sogar mit jemandem sprechen, der den alten Henry gekannt hat." Er wandte seinen Kopf in Richtung der Hintertür. „Jake? JAKE!!"

Irgendwo im Innern des Gebäudes polterte etwas. Ein zischender Fluch war zu hören. Dann näherte sich jemand der Tür.

Jake war ein Koloss von einem Mann. Nicht unbedingt sehr groß, doch machte er die fehlenden Zentimeter nach oben in der Breite wieder wett. Jake war ein Musterbeispiel für jemanden, der aus seiner Vorliebe für Fastfood keinen Hehl machte. Er schob seinen gewaltigen Umfang durch die schmale Tür und blieb neben seinem Kollegen stehen. In seiner Hand hielt er eine Tüte Kartoffelchips. Aus seinen eng zusammen liegenden Augen sah er Llois verwundert an. „Wir haben Besuch?"

Der Bärtige deutete auf Llois. „Diese Miss hier braucht ein paar Informationen zum alten Henry."

„Was für'n Henry?", fragte Jake gleichgültig.

Der andere gab ein Grunzen von sich. „Henry Andergast. Du warst doch damals ein paar Mal bei ihm draußen am See?"

„Ich würde gerne wissen, wie er ausgesehen hat“, schaltete Llois sich in die Unterhaltung ein. Gleichzeitig trat sie einen Schritt auf Jake zu und reichte ihm die Hand. „Mein Name ist Llois Landor“, sagte sie freundlich. „Ich bin mit meinem Mann aus New York gekommen. Wir haben das Haus der Andergasts gekauft.“

„So?“, machte Jake und wischte sich die Chips Krümel ab, bevor er Llois Hand ergriff.

„Nehmen Sie es ihm nicht übel“, sagte der Bärtige plötzlich. „Jake ist manchmal etwas zurückhaltend. Ich sage träge und faul dazu. Aber er ist verdammt noch mal der Einzige hier weit und breit, der so etwas Ähnliches wie einen Artikel schreiben kann. Und anständige Fotos macht er auch, wenn er einen guten Tag hat. Ich heiße übrigens Travis Beaden.“

Llois erwiderte den kräftigen Händedruck des Bärtigen und irgendwie schien es ihr, als wäre in diesem Moment der Bann gebrochen.

Travis räumte umständlich einen Stuhl frei und bedeutete ihr, Platz zu nehmen. Wortlos nahm er eine halbwegs saubere Tasse aus einem Regal und verschwand damit im Nebenraum. Nur wenige Sekunden später war er zurück und es duftete nach Kaffee. Llois nahm den Becher dankbar entgegen.

Da kein weiterer Stuhl mehr frei war, lehnte sich Jake mit dem Rücken an ein Metallregal, das mit Aktenordnern und losem Papier vollgestopft war.

„Na, dann erzählen Sie mal genau, was Sie über den alten Henry wissen wollen“, sagte er, während er die leere Chips Tüte zusammenknüllte und sie mit einem gezielten Wurf in den Papierkorb beförderte.

Llois setzte sich und nippte an dem schwarzen Gebräu, das nicht nur heiß war, sondern überraschend gut schmeckte. „Die Sache ist ein wenig sonderbar“, begann sie vorsichtig. „Ich möchte Sie damit auch nicht lange behelligen.“

Travis sah auf die Uhr an der Wand und machte eine einladende Geste. „Hier brennt im Moment nichts an, Miss. Jake und ich helfen gerne weiter, auch wenn wir nicht so aussehen.“ Jake verzog die Mundwinkel zu einem gezwungenen Grinsen.

„Ich hatte gestern Besuch von einem Mann, der sich Henry nannte“, fuhr Llois fort. „Und ... naja, der Besuch war nicht

gerade angenehm. Ich würde nun gerne wissen, ob es sich tatsächlich um Henry Andergast gehandelt haben kann."
Die beiden Männer sahen sich für einen Moment wortlos an. Dann kratzte sich Travis am Kinn und beugte sich vor.
„Sehr unwahrscheinlich, Mrs. Landor. Der alte Henry ist, wie schon gesagt, in dem See hinter ihrem Haus ertrunken. Ist mit seinem Boot rausgefahren und gekentert, soviel ich weiß. Muss irgendwann Ende der 80er gewesen sein. Wer auch immer Ihr Henry war, es war mit Sicherheit nicht der alte Andergast."
Llois nickte. Sie war enttäuscht über den Verlauf des Gespräches, versuchte aber, sich dies nicht anmerken zu lassen. Aber was hatte sie erwartet? Dass die beiden ihr die Story abkaufen würde, der Tote hätte sie aus seinem nassen Grab heimgesucht?
„Dann war es sicher nur ein übler Scherz", räumte sie schließlich ein.
„Oder eine zufällige Namensgleichheit", meldete sich Jake zu Wort. „Was hat dieser Henry denn von Ihnen gewollt?"
Llois spürte, wie die Röte in ihr Gesicht stieg. Zugleich kehrten die Erinnerungen an die entsetzliche Nacht zurück.

„Er … das spielt keine Rolle. Sie haben nicht zufällig ein Foto von Henry Andergast?“

Jake sah sie nachdenklich an. „Ich war vor etlichen Jahren draußen bei ihm und habe einen Artikel für unser Blatt gemacht. Weil er einen Karpfen gefangen hatte. War’n ziemlicher Brocken. Und das Beste war, dass das Viech einen Ring in seinen Eingeweiden hatte. Der war sogar ziemlich wertvoll. War ne unglaubliche Geschichte damals. Fast ne Sensation.“

„Muss 1985 oder so gewesen sein“, grummelte Travis dazwischen.

Jake schüttelte den Kopf. „86. Warten Sie einen Augenblick. Ich müsste den Artikel noch irgendwo ausgeschnitten haben.“

Jake begann damit, Berge von Papier, Zeitungen und Magazinen aus dem Regal zu nehmen und umzuschichten. Es dauerte nicht lange, da hielt er einen vergilbten Ausschnitt in der Hand. Er reichte ihn Llois.

Es gelang ihr, einen Aufschrei zu unterdrücken, als ihr Blick auf das Schwarzweißfoto fiel. Dort war ein deutlich jüngerer und vor allem dünnerer Jake abgebildet. Und neben ihm

Henry Andergast. Er war von Kopf bis Fuß in Regenzeug gekleidet. In seinen Händen hielt er einen mächtigen Fisch, der mit toten Augen direkt in die Kamera glotzte.

Es bestand kein Zweifel. Henry Andergast war der Mann, der sie vor zwei Tagen beinahe getötet hatte. Und er hatte sich seit damals kaum verändert. Wenn man davon absah, dass er auf dem Foto noch im Besitz beider Arme war.

„Und?“, hakte Travis nach. „Ist das ihr Henry?“

Llois schluckte. Sie konnte die Frage schlecht bejahen ohne Gefahr zu laufen, von den Männern als verrückt abgestempelt zu werden. „Nein“, sagte sie gedehnt. Sie zwang sich zu einem Lächeln. „Wäre ja auch schlecht möglich, nicht wahr? Allerdings sieht er ihm doch sehr ähnlich. Ist es vielleicht möglich, dass Henry Andergast noch einen lebenden Bruder oder vielleicht einen Sohn hat?“

Jake schüttelte den Kopf. „Nee. Henry hat keine Verwandten mehr soweit ich weiß und die Andergasts sind kinderlos gestorben.“

Llois zwang sich, ihren Blick von dem Bild des grinsenden Mannes mit dem Kinnbart zu lösen. „Er ist ertrunken, sagen Sie?“

„Allerdings“, antwortete Jake und ließ den Ausschnitt auf den Schreibtisch fallen. „Ist keine zwei Wochen später passiert. Er ist rausgefahren, um zu angeln. Sein Boot ist gekentert und von ihm fehlte jede Spur. Und das alles bei Nacht und Nebel. Kein Mensch weiß, warum er das getan hat.“

Llois war alarmiert. „Das heißt, man hat seine Leiche nie gefunden?“

Jake verschränkte die Arme vor seiner mächtigen Brust. „Der See ist an der Stelle über 50 Meter tief und mit Schlingpflanzen bewachsen. Man hat zwar zwei Taucher hinterhergeschickt aber gefunden wurde er nie.“

„Trotzdem ist er abgesoffen“, warf Travis ein. „Immerhin trieb sein Boot kopfüber da draußen, mitsamt seinem Angelzeug. Und die Taucher kamen erst zwei Tage später. Bei der Größe des Sees nicht verwunderlich, dass man ihn nie gefunden hat.“

„Auf dem Friedhof hat man einen Gedenkstein für ihn gesetzt“, ergänzte Jake. „Jetzt steht er auf dem Grab seiner Frau.“

„Die gute alte Greta“, sagte Travis. Er steckte sich eine filterlose Zigarette an, die er mühsam selbst gedreht hatte.

„Hat es sicher nicht leicht gehabt mit ihm. Die beiden konnten sich nicht ausstehen, wissen Sie?“ Er warf Llois einen kurzen Blick zu, während er achtlos Tabakkrümel von der Tischplatte fegte. „Streckenweise hat er gesoffen wie ein Loch. Egal, ob Geld da war oder nicht. Hat sich dann und wann hier in Port Whales am Hafen rumgetrieben.“

„Hat er einen Beruf gehabt?“, fragte Llois.

Jake schüttelte langsam den Kopf. „Irgendwann in grauer Vorzeit soll er mal Vertreter für Küchenmaschinen gewesen sein. Daran kann sich aber hier niemand mehr erinnern. Von Zeit zu Zeit hat er sich als Hafenarbeiter betätigt oder ist mit einem der Schiffe rausgefahren, wenn die Mannschaft nicht komplett war. All so’n Zeug.“

Llois brachte das Gespräch noch einmal auf den Zeitungsartikel zurück. „Was war das für ein Ring, den er damals gefunden hatte?“

Jake nahm noch einmal das Foto hoch. „Sie können ihn hier noch erkennen. Er hatte einen ziemlich großen Stein. Einen Rubin. Der alte Henry war damals ganz verrückt deswegen. Sagte, der Ring wäre etwas ganz Besonderes.“

„Ist er damit nicht sogar zu einer Zigeunerin gerannt?“, fragte Travis dazwischen.
Jake lachte meckernd. „Stimmt genau. Weiß der Teufel, wie er auf den Gedanken kam.“ Er wandte sich an Llois. „Damals gab es ein Zigeunerlager außerhalb von Port Whales. Irgendwelche herumstreunenden Gestalten. Waren nicht lange da. Jedenfalls ist der alte Henry da hin, um sich etwas über die Herkunft und Bedeutung des Steins sagen zu lassen. Welche Verbindung zwischen den Zigeunern und dem Stein bestehen sollte, habe ich bis heute nicht begriffen.“
Llois spürte, wie die Hitze in ihr aufstieg. Das konnte nicht allein am Kaffee liegen. „Und wissen Sie noch, was die Zigeuner ihm gesagt haben?“
Jake hob theatralisch die Hände. „Der Stein habe eine lebensverlängernde Wirkung, hat die alte Frau ihm gesagt.“
„Hat sie nicht sogar gesagt, sein Besitzer würde unsterblich werden, wenn er ihn trägt?“, hakte Travis nach.
Jake nickte. „Richtig. Nur wollte ich damals nicht so weit gehen, das auch noch in den Artikel zu schreiben. Die Story war so schon konfus genug. Jedenfalls war die Aussage der alten Frau ganz nach Henrys Geschmack.“

Travis lachte laut auf. „Unsterblich“, spottete er, „und zwei Wochen später war er tot, der Gute. Wenn das keine Ironie des Schicksals ist.“

„Und was wurde aus seiner Frau?“, wechselte Llois das Thema.

Travis blies eine Rauchwolke aus und zerdrückte den Zigarettenstummel auf dem Rand des Aschenbechers. „Sie bewohnte allein das Haus, in das Sie jetzt gezogen sind. Hier in Port Whales hat sie sich so gut wie nie sehen lassen. Nur für die nötigsten Einkäufe. Sie hat von ihrer Witwenrente gelebt. Wahrscheinlich hatte sie kaum was zum Beißen über all die Jahre.“

„Sie hat nicht noch mal geheiratet?“

Jetzt lachten beide Männer.

„Sie sind gut“, prustete Travis und schlug Jake seinen Ellenbogen in den Wanst. „Die hat keiner haben wollen. War'n richtiger Drache. Hatte zum Schluss kaum noch einen Zahn im Mund. Nicht mal Jake hätte sich an sie heran getraut, oder Jake?“

Der Dicke beachtete seinen Kollegen nicht. Er sah Llois ernst an. „Es tut mir leid, wenn wir Ihnen nicht weiter helfen können, was Ihren Besucher angeht. Wenn er Sie belästigt haben sollte, dann würde ich das der Polizei melden. So etwas sollte man nicht unter den Teppich kehren. Wenn Sie wollen, dann zeige ich Ihnen gerne den Weg."

Llois winkte ab und lächelte. „Nein, um Himmels Willen. So dramatisch war es nun auch wieder nicht. Und Sie beide haben mir trotzdem sehr weiter geholfen. Ich danke Ihnen."

Damit erhob sie sich und verabschiedete sich per Handschlag von den beiden Zeitungsmännern.

Was fing sie nun mit ihrem Wissen an? Das was sie bei ihrem Besuch im Zeitungsbüro erfahren hatte, war mehr, als sie zu hoffen gewagt hatte. Fragen drängten sich in den Vordergrund. Wie war es Henry gelungen, zu überleben und all die Jahre offenbar unerkannt zu bleiben? Wann und wie hatte er seinen Arm verloren? Und was hatte es mit dem Ring auf sich? Llois stieg in ihren Wagen und lenkte ihn die breite Küstenstraße entlang. Ihre Gedanken kehrten zurück zum Bootshaus. Was war damals dort geschehen? Und warum hatte Henry Andergast so lange gewartet, um sich seinen Ring zurück zu holen? Möglich, dass er sich nicht getraut hat, so lange seine Frau noch am Leben war. Das war die einzig logische Erklärung im Moment. Vielleicht war ihm Llois schlichtweg in die Quere gekommen. Beunruhigt fuhr sie nach Hause. Es war bereits dunkel geworden.

Llois stellte den Wagen in der Garage ab. Lachend liefen die beiden Jungen auf sie zu, nachdem sie das Haus betreten hatte. Llois strich ihnen mit der flachen Hand über ihre blonden Schöpfe. Vor Paul blieb sie stehen.

„Willst du noch etwas essen? Ich habe dir etwas warm gestellt", sagte Paul beinahe schüchtern.

Llois schüttelte den Kopf, strich ihm aber dankbar über den Arm.

„Die Polizei war da", sagte Paul nach einer Weile. „Ich hab' Ihnen erzählt, was hier los war und so gut es ging eine Täterbeschreibung abgegeben. Möglich, dass sie noch ein paar Fragen an dich haben."

„Danke", sagte Llois knapp und setzte sich an den Küchentisch.

Paul trat hinter sich und legte eine Hand auf ihre Schulter. „Geht es dir gut?"

Llois lächelte. Er gab sich Mühe. Immerhin. Sie ergriff seine Hand. „Ja. Es geht mir besser."

„Morgen kommt der Glaser wegen der Terrassentür. Ich habe das Loch mit Folie zugemacht. Und warst du ... erfolgreich?"

Llois überlegte kurz, ob Paul die Wahrheit vertragen würde. Sie spürte, wie diese ganze Geschichte begann, auf ihrer Beziehung zu lasten. Verdammt, was passierte hier eigentlich?

„Nein", sagte sie nach einer Weile. „Henry Andergast ist 1986 hier draußen auf dem See ertrunken. Der Mann von gestern sieht ihm sehr ähnlich, aber es kann nicht Henry gewesen sein."

Paul wirkte erleichtert. „Immerhin auch eine Erkenntnis. Vielleicht war es ein Landstreicher. Die Polizei ist auch der Ansicht. Sie werden ihn schon finden. Früher oder später."

Llois nickte. „Sicher." Plötzlich verspürte sie doch Hunger und machte sich über das Essen her, das im Backofen stand. Auch hier hatte Paul sich Mühe gegeben.

„Weißt du, wer angerufen hat?", fragte Paul, als sie spät am Abend im Bett lagen.

Llois, die nachdenklich über den Rand ihres Buches hinweg gestarrt hatte, schüttelte den Kopf. „Nein, wer?"

„Mr. Duval", antwortete Paul. „Du weißt schon, der Mann, der uns nach unserer Wagenpanne zur Fähre gebracht hat.

Ich hatte ihm meine Karte gegeben. Er hat am Wochenende in Port Whales zu tun. Ich habe ihn für Sonntag zum Essen eingeladen."

Llois nickte geistesabwesend. „Ist in Ordnung", schickte sie träge hinterher. Doch Paul war schon eingeschlafen. Beneidenswert, dachte sie, während die Gedanken an Henry Andergast wieder damit begannen, in ihrem Kopf herumzuspuken.

Würde er sich damit abfinden, dass es jemanden gab, der um seine Existenz wusste? Die Frage ließ ihr keine Ruhe.

Am nächsten Morgen rief sie im Maklerbüro an. Im Laufe der unruhigen Nacht war ihr der Gedanke gekommen, dass man dort vielleicht noch etwas über Greta Andergast und ihren angeblich vor Jahren verstorbenen Mann wissen konnte.

Sie sprach mit einem Mann namens Stephen Miller, ein Angestellter der Firma.

„Von wem wir den Auftrag bekamen, das Haus zu verkaufen?", wiederholte er ihre Frage. Sie hörte Miller in einer Akte blättern.

„Das ging vom Stadtbüro aus“, antwortete er schließlich. „Greta Andergast hatte keine Kinder oder sonstige Angehörige, denen das Grundstück und das Haus auf dem Erbwege hätte zufallen können. Somit gelangte der Besitz in die Verwaltung der Behörde in Port Whales. Von dort hat man uns beauftragt, den Besitz zu verkaufen. Stimmt etwas nicht damit, Mrs. Landor?“

„Alles in Ordnung“, gab Llois zurück. „Ich hatte nur im Bootshaus noch einige Sachen gefunden und ich fragte mich, ob Greta Andergast oder ihr Mann Henry wohl Angehörige hatten, denen ich sie hätte geben können.“

Es trat eine kurze Pause ein.

„Ich fürchte, da kann ich Ihnen nicht weiter helfen, Mrs. Landor“, sagte Miller. Er wirkte in der Tat hilflos.

„Ist schon gut. Ich danke Ihnen für die Auskunft“, versetzte Llois und hängte den Hörer ein. Sie sah zum Fenster hinüber. Die Sonne schien herein. Es hatte den Eindruck, als könnte nichts diesen Tag trüben. Doch ein Blick auf das verkohlte Bootshaus hinunter belehrte sie eines Besseren. Noch immer spürte sie die Bedrohung, die von Andergast ausging und sie gelangte zu der Erkenntnis, dass sie erst wieder in Ruhe leben

konnte, wenn sie das Geheimnis dieses Mannes ergründet hatte.
Llois beschloss, zum Bootshaus hinunter zu gehen. Aus keinem besonderen Grund. Nur, um überhaupt etwas zu tun, während die Kinder in der Schule und Paul bei der Arbeit war. Sein erster Arbeitstag als Lehrer für Englisch und Geschichte in Port Whales.
Sie zog ihre Jacke fester, da draußen ein kalter Wind wehte. Der See warf kleine Wellen, die sich am Ufer brachen.
Llois trat auf den Steg hinaus und steuerte das Bootshaus an. Sie blieb stehen, als sie die Fußspuren entdeckte. Auf den Holzplanken zeichneten sich die nassen Abdrücke von derben Stiefeln ab. Sie führten zum Bootshaus und auch wieder zurück.
Llois' Herz schlug schneller. Es musste heute Morgen schon jemand hier gewesen sein und sie wusste, dass es sich nicht um Paul handeln konnte. Er mied diesen Ort aus ihr unbekannten Gründen.
Langsam setzte sie sich wieder in Bewegung. Von der Vordertür waren nur noch rudimentäre Reste vorhanden. An

dieser Stelle hatte das Feuer am meisten gewütet, bis der Regen irgendwann die Oberhand gewonnen hatte.

Die Spuren führten ganz deutlich zu dieser Tür. Llois blieb für einen Moment auf dem Steg stehen, schirmte ihre Augen gegen das Sonnenlicht ab und ließ ihre Blicke suchend über das Ufer wandern. Dort war niemand. Wer immer hier gewesen sein mochte, er war verschwunden.

Zögernd blickte Llois in das Bootshaus, dessen Dach jetzt an vielen Stellen das Sonnenlicht durchließ und hier und da den Blick in den Himmel freigab. Auch im Innern zeigten sich Fußspuren, die sich größtenteils mit Ruß vermengt hatten.

Was konnte Andergast hier gewollt haben? Für Llois bestand längst kein Zweifel mehr daran, dass es sich bei dem Besucher um ihren neuen speziellen Freund handelte.

Hatte er sich vergewissern wollen, ob sein Plan aufgegangen war?

Als sie nichts Verdächtiges im Innern erkennen konnte, beeilte sie sich, wieder ins Freie zu gelangen.

In ihr wuchs das Gefühl der Beunruhigung. Sie spürte, dass sich unaufhaltsam etwas Grauenvolles anbahnte.

Es wurde Zeit, die Besorgungen zu erledigen und die beiden Jungen von der Schule abzuholen. Sie hatte es ihnen versprochen, weil sie heute den Wagen hatte, während Paul mit dem Bus von der einsam gelegenen Haltestelle aus gefahren war.

Der Weg nach Port Whales, dem Dreh- und Angelpunkt dieser Gegend, war ihr inzwischen vertraut genug.

Jason und Justin warteten bereits an der Straße vor der Schule und winkten, als Llois den Wagen zum Halten brachte. Die Jungs kletterten auf den Rücksitz und begannen fast augenblicklich damit, sich gegenseitig zu ärgern.

Llois bog um den Block und hielt Ausschau nach der richtigen Abzweigung für das Einkaufszentrum.

Ganz unvermittelt sah sie ihn.

Er trug sein gelbes Regenzeug wie in der Nacht vor zwei Tagen. Sein rechter Jackenärmel hing schlaff herab. Und es war sein Gang. Unverkennbar.

Llois atmete scharf ein und konnte im letzten Moment den Impuls unterdrücken, auf die Bremse zu steigen. Sie starrte aus dem rechten Seitenfenster, während sie rasch aufholte.

Andergast ging zielstrebig an einer Ladenzeile auf der rechten Straßenseite entlang, den Blick stur nach vorne gerichtet.

Llois verlangsamte das Tempo und riskierte damit ein aufgeregtes Hupen hinter ihr. Jetzt war die Stoßstange des Wagens mit dem Einarmigen auf einer Höhe.

Doch was sollte sie jetzt tun? Sie konnte schlecht hier anhalten. Sie beugte sich vor und sah zu ihm herauf.

Der Kopf des Mannes ruckte herum und für eine Sekunde trafen sich ihre Blicke. Kein Zweifel. Es war Henry. Und er hatte sie im selben Augenblick erkannt. Rasch wandte er den Kopf ab und beschleunigte seine Schritte, bis er lief.

Llois trat auf das Gaspedal und holte auf.

Der Regenmantel des Einarmigen bauschte sich im Wind auf, während er immer schneller rannte. Dann war er plötzlich in einer Nische zwischen zwei Wohnblocks verschwunden.

Llois fluchte. Im Nu war sie an der Stelle vorbei und wurde vom nachfolgenden Verkehr gezwungen, weiterzufahren.

Die nächste freie Parklücke nutzte sie, um anzuhalten. Ihr Herz raste.

„Mama, was ist mit dir? Warum halten wir hier an?“ Es war Jason, der sich vom Rücksitz zu Wort gemeldet hatte.

Llois fuhr sich mit der flachen Hand über die Stirn. Ihr war plötzlich unendlich heiß. „Es ist nichts“, log sie und rang sich ein Lächeln ab, so wie es nur eine Mutter fertigbringen kann. „Mir ist ein wenig übel. Es geht gleich wieder.“ Sie betätigte den elektrischen Fensterheber auf ihrer Seite und genoss es tatsächlich, die hereinströmende kalte Luft einzuatmen. Währenddessen sah sie immer wieder in den Rückspiegel. Doch ihr Peiniger blieb verschwunden.

Immerhin, dachte sie, scheint er hier in Port Whales zu leben. Also musste es doch möglich sein, ihn irgendwie ausfindig zu machen. Doch was wusste sie schon von ihm? Wo sollte sie ansetzen?

Sie beschloss, noch einmal Travis und Jake vom Zeitungsbüro aufzusuchen. Sie musste einfach noch mehr über Henry Andergast in Erfahrung bringen. Irgendwo musste es einen Anhaltspunkt geben, den sie bisher übersehen hatte.

Sie setzte die Kinder zuhause ab und bereitete das Abendessen vor. Als Paul am späten Nachmittag nach Hause kam, machte sie sich nochmals auf den Weg.

Das Zeitungsbüro fand sie auf Anhieb wieder. Sie traf auf Travis, der am Schreibtisch saß und wild gestikulierend telefonierte. Offenbar gab es heute für ihn mehr zu tun.

Als er aufgelegt hatte, sah er sie abwartend an. „Mrs. Landor", begrüßte er sie. „Sie sehen besorgt aus. Haben Sie Ihren mysteriösen Henry inzwischen gefunden?"

Was ein Scherz sein sollte, geriet beinahe zur Farce.

„So ähnlich", gestand sie. „Ich habe den Mann vorhin unten in der Stadt gesehen. Sagen Sie, besteht eine Möglichkeit, dass ich noch mal mit Jake sprechen könnte? Er hat Andergast immerhin persönlich gekannt und könnte mir vielleicht ..."

„Sicher", unterbrach sie der Bärtige. „Allerdings ist Jake heute nicht zur Arbeit gekommen. Hat sich auch bei mir nicht abgemeldet. Schätze, er hat wieder einen seiner Migräneanfälle."

„Könnten Sie mir vielleicht seine Adresse aufschreiben?", bat Llois. „Ich meine, er wohnt doch sicher auch hier in Port Whales?"

Travis griff kommentarlos nach einem Bleistift und riss einen Notizzettel von einem Block, der neben dem Telefon lag. Rasch kritzelte er ein paar Daten darauf und reichte ihn Llois. „Seine Wohnung liegt in der Dickerson Road. Das sind nur ein paar Blocks von hier“, grummelte Travis. „Sagen Sie ihm einen schönen Gruß von mir, wenn Sie ihn sehen. Und sagen Sie ihm, dass ich seine Fotos von dem verdammten Hafenfest brauche. Ich kann die nirgends finden. Ansonsten können wir den Leitartikel für morgen vergessen.“

Llois verließ das Büro mit dem kleinen rosa Zettel in der Hand. Eilig öffnete sie den Wagenschlag. Jake musste ihr einfach noch mehr von Henry Andergast erzählen. Irgend etwas, dass darüber Aufschluss gab, wo er sich heute aufhielt. Dass er noch lebte, daran bestand für sie längst kein Zweifel mehr.

Sie startete den Wagen und wendete energisch. Sie fuhr drei Blocks zurück und bog dann an einer unscheinbaren Abzweigung rechts ab. Die Dickerson Road entpuppte sich als eine sehr weitläufige Straße, die direkt zum Hafen hinunter führte.

Llois zählte die Hausnummern ab und ließ den Wagen am Straßenrand ausrollen. Die letzten Meter ging sie zu Fuß. Nach wenigen Minuten stand sie vor einer Zeile von roten Backsteinbauten, die allesamt keinen sehr vertrauenswürdigen Eindruck machten.

Sie stieß die Haustür der Nummer 97 auf und trat in einen muffig riechenden Hausflur. Jakes Wohnung befand sich im ersten Stock auf der linken Seite.

Llois läutete an der Tür. Sekunden verstrichen, ohne dass etwas geschah. Llois klingelte erneut. Dann registrierte sie, dass die Tür nicht verschlossen war. Sie bewegte sich kaum wahrnehmbar im Luftzug. Llois drückte sie nach innen auf und beobachtete, wie sie sanft gegen einen Türstopper schlug.

„Jake? Sind Sie da?“, rief sie. Natürlich antwortete niemand.

Die Wohnung war leer. Llois brauchte nicht lange, um sich davon zu überzeugen. Die beiden Zimmer, die Jake hier bewohnte, waren in einem ähnlich chaotischen Zustand wie das Zeitungsbüro.

Das hintere Zimmer war durch ein schweres Rollo komplett verdunkelt. Eine Schreibtischlampe brannte.

Vorsichtig trat Llois näher. Der Raum wurde von Jake offenbar als Schlaf- und Arbeitszimmer gleichzeitig genutzt. Sie fand ein ungemachtes Bett und einen verwahrlosten Schreibtisch, auf dem ein neuwertiger Flachbildschirm stand. An der Wand daneben hingen mehrere Fotoapparate und Kameras, die alles andere als billig aussahen.

Während Llois noch darüber nachdachte, was hier nicht passte, fiel ihr Blick auf die Schreibtischunterlage, die mit allerhand (und nicht immer jugendfreien) Kritzeleien übersäht war. An der unteren rechten Ecke hatte Jake eine Adresse aufgeschrieben und nachträglich rot umrandet. Der Filzstift lag noch direkt daneben. Darüber stand ein Name geschrieben. Nur ein Name und doch sorgte er dafür, dass Llois' Kreislauf augenblicklich in Bewegung geriet.

„Henry", las sie flüsternd vor und starrte auf die 5 Buchstaben, die Jake in sorgfältiger Schrift aufgemalt hatte. Hinter dem Namen stand ein Fragezeichen. Und eine Uhrzeit. 17 Uhr 30.

Unwillkürlich sah Llois auf die Uhr. Das war vor einer knappen halben Stunde gewesen.

War es möglich, dass Jake doch etwas über Henry Andergast wusste, was er ihr und vielleicht sogar Travis verschwiegen hatte?

Kurz entschlossen beugte sie sich vornüber und riss die notierte Adresse aus der Unterlage heraus. Dann verließ sie die Wohnung und eilte zu ihrem Wagen zurück.

Draußen war es bereits dunkel geworden.

Llois legte den Fetzen Papier auf die Armaturenablage und fuhr los, die Dickerson Road bis ans Ende hinunter. Sie befand sich jetzt direkt im Hafengebiet. Vor einem Restaurant hielt sie kurz an und erkundigte sich nach der Brink Street. Wie sich heraus stellte, war sie nicht weit davon entfernt. Sie musste am Ende der Straße links abbiegen und fuhr eine Weile direkt am Ufer entlang, bis die Straße eine lang gezogene Rechtskurve beschrieb. Vorbei an mehreren großen Lagerhallen, die man ihr beschrieben hatte. Llois verlangsamte das Tempo ein wenig. Die zunehmende Dunkelheit erschwerte ihr die Suche. Sie fuhr ein Stück weiter und fand mehr durch Zufall als durch Orientierung die Brinks Street. Sie grenzte an ein Gewerbegebiet, das nahezu vollkommen im Dunkeln lag. Auf einem kleinen Parkplatz stellte sie den Wagen ab. Als sie ausstieg, bemerkte sie an dem einzigen weiteren Wagen einen auffälligen Aufkleber: „Port Whales Tribune - wir wissen es - Sie lesen es!“. Das konnte kein Zufall sein. Llois war sich sicher, dass der heruntergekommene Ford zu Jake gehörte.

Doch wo steckte er?

Sie ging ein Stück zurück und passierte eine einsame Laterne, der die undankbare Aufgabe zuteil geworden war, den gesamten Bereich hier unten auszuleuchten.

Llois hörte die Wellen gegen die Kaimauer schlagen. Sie näherte sich einer langen Reihe von Verkaufsständen, an denen die Fischer tagsüber ihre soeben eingeholte Ware anboten.

Jetzt waren die Stände leer und verwaist. Ein abstraktes Gebilde aus scheinbar wahllos zusammen gehämmerten Bohlen, Brettern und Latten.

Als sie langsam daran vorbeiging, hörte sie ein Geräusch. Zunächst war sie sich nicht sicher, was es war. Doch als es sich wiederholte, wurde das Bild klarer. Irgend jemand atmete, röchelte. Und zwar ganz in ihrer Nähe.

Llois trat näher an die Verkaufsstände heran. In der dritten Box lag Jake. Es benötigte nicht viel Licht, um zu erkennen, dass die dunklen Rinnsale auf seinem Gesicht Blut waren.

„Oh mein Gott“, stieß Llois aus. Sie überlegte einen Moment, sich über die hölzerne Barriere zu schwingen, entschied sich dann aber dagegen. Stattdessen rannte sie zurück und näherte sich den Ständen von der begehbaren Seite.

Jake lag in der linken Ecke. Sein Oberkörper lehnte an der Holzwand. Der Zeitungsmann hatte sie bisher nicht einmal bemerkt. Erst als Llois in den Stand trat und sich über ihn beugte, trat ein Ausdruck des Erkennens in seinen Blick. Jake versuchte die Hand zu heben, doch er war bereits zu schwach. Die Blutlache unter seinem Körper wurde zusehends größer.

In Llois keimte der Verdacht, dass es sich bei der Platzwunde an seinem Kopf nicht um die einzige Verletzung handelte und ebenso wenig um die schlimmste.

Der Zeitungsmann röchelte und begann zu husten. Dunkles Blut kam in einem Schwall über seine Lippen und lief über die Mundwinkel an seinem Kinn herab.

„Verschwinden Sie ... schnell“, krächzte Jake und Llois erkannte, dass der Mann mit der letzten Anstrengung seiner Kräfte sprach.

„Wer hat Ihnen das angetan?“, flüsterte sie. Llois war vor dem Sterbenden auf die Knie gesunken.

Jake wehrte ab. „Weg ... Gehen Sie ... Schnell. Er wird Sie umb...“. Weiter kam Jake nicht mehr. Ein heftiger Hustenanfall brachte noch mehr Blut hervor. Ein Zucken ging durch seinen Oberkörper. Er versuchte, sich aufzubäumen, doch es blieb bei dem Ansatz.

Ein tiefer Seufzer drang aus seiner Brust. Jake saß für eine Sekunde kerzengerade und kippte dann langsam gegen die Holzwand.

Llois wusste, dass er tot war. Als der Mann sich aufsetzen wollte, hatte sie den großen dunklen Fleck auf seinem Rücken gesehen. Was auch immer ihn dort getroffen hatte, war die Ursache für seinen Tod.

Llois konnte nichts mehr für ihn tun. Langsam erhob sie sich und blickte zu der entfernten Laterne hinüber. Nieselregen hatte eingesetzt. Llois nahm dies alles nur am Rande wahr. Eine seltsame Lähmung hatte sie befallen. Sie wusste, wer für

Jakes Tod verantwortlich war und doch traute sie sich nicht, daran zu denken. Es hätte bedeutet, den Gedanken daran zuzulassen, dass Henry Andergast vermutlich in diesem Moment noch hier in der Nähe war. Vielleicht beobachtete er sie sogar und weidete sich an ihrem Schrecken.

Llois ließ ihren Blick in die Runde schweifen.

Das Gelände lag ruhig und verlassen da.

Langsam löste sie sich, ging rückwärts, bis sie den engen Verkaufsstand verlassen hatte, der ebenso wie für Jake für sie zu einer tödlichen Falle hätte werden können.

Sie bemerkte nicht, wie sich der feine Regen wie ein Film auf ihr Gesicht und ihre Kleidung legte. Llois wollte nur noch zurück. Im Laufschritt bewegte sie sich an der Laterne vorbei und erreichte schließlich den Parkplatz.

Außer Atem stieg sie ein. Erst jetzt wurde ihr bewusst, was hier geschah. Andergast musste verrückt sein. Verrückt und gefährlich. Sie fror am ganzen Körper, als sie den Motor startete.

In diesem Moment legte sich ein Arm um ihren Hals und drückte augenblicklich zu.

Llois nahm den Geruch von Regenzeug war. Sie wollte sich in ihrem Sitz aufbäumen, doch der Einarmige ließ ihr keine Chance. Erst jetzt erkannte sie, dass sich ein Messer in seiner Hand befand. Es war mit Jakes Blut besudelt.

„Sie hätten sich aus der Sache heraushalten sollen“, flüsterte Henry von hinten.

Llois roch seinen schlechten Atem.

„Warum mussten Sie ausgerechnet zu dem Zeitungsfritzen laufen und ihn mit der Nase auf etwas stoßen, das niemanden etwas angeht? Niemandem wäre etwas geschehen, wenn Sie nicht in das Haus am See gezogen wären.“

Llois versuchte, den Kopf zur Seite zu drehen. Sie hatte kaum Luft zum Atmen. „Was haben Sie mit mir vor?“, presste sie heraus.

Andergast lachte böse. „Ich kann Sie nicht länger frei herum laufen lassen. Sie wissen vielleicht noch nicht alles aber Sie wissen jetzt schon eindeutig zu viel. Schade um Ihren schönen Hals, aber es muss sein.“

Llois spürte, wie Henry auf dem Rücksitz seine Position leicht verlagerte. Das war der Moment, den sie nutzte. Sie trat das Gaspedal voll durch und sah die breite Klinge des Messers an ihrem Gesicht vorbeifahren, als Henry nach hinten geschleudert wurde.

Llois packte das Steuer und riss es herum, so dass er sich auf der Rückbank nicht fangen konnte. Sie sah im Rückspiegel, wie Henry hin und hergeschleudert wurde.

Das Messer war seiner Hand entglitten und er versuchte krampfhaft, die Kopflehne des Vordersitzes zu fassen zu bekommen.

Kaum angefahren bremste Llois den Wagen ruckartig ab, öffnete die Fahrertür und sprang hinaus. In der nächsten Sekunde riss sie die hintere linke Tür auf und packte den anderen an der Schulter.

Der Einarmige wurde von der Aktion überrascht und stürzte mit einem heiseren Aufschrei auf den Asphalt. Llois trat mit aller Kraft zu, als Henry sich aufrappeln wollte.

Der Tritt traf ihn mitten auf die Brust und schleuderte ihn abermals zurück.

Llois sprang in den Wagen zurück. Der Motor war ausgegangen. Sie startete erneut. Fast befürchtete sie, er würde nicht mehr anspringen, doch dann tat der Wagen seinen Dienst und fuhr an.

Von der Seite preschte ein Schatten heran. Der Einarmige rannte auf die Fahrertür heran.

Llois trat das Gaspedal durch und zog das Lenkrad fast bis zum Anschlag nach links herüber. Ein dumpfer Aufprall folgte und etwas Schweres wurde zur Seite geschleudert.

Llois sah Henry im Licht der Scheinwerfer auf dem Asphalt liegen.

Der Einarmige rührte sich nicht.

Weg von hier, schrie es in ihr und sie beschleunigte.

Der Wagen schoss vom Parkplatz herunter. Im Rückspiegel wurde die in gelbes Regenzeug gehüllte Gestalt kleiner und kleiner.

Llois Blick wurde durch Tränen verschleiert, doch sie verlangsamte das Tempo erst, als sie wieder auf der Hauptstraße war. Ihre Nase blutete. Sie musste bei einem ihrer Fahrmanöver auf das Lenkrad geschlagen sein. Llois hatte es nicht einmal bemerkt.

Sie fuhr nicht auf direktem Weg nach Hause. Sie brauchte Zeit, um ihre rasenden Gedanken zu sortieren. Außerdem wollte sie nicht, dass Paul sie in diesem Zustand sah. Sie würde es nicht aushalten, seine Fragen beantworten zu müssen.

Als sie den Wagen auf die Auffahrt zum Haus lenkte, brannte nur noch das Außenlicht. Ein gutes Zeichen.

Leise schloss sie die Haustür auf und fand das Haus still vor. Paul und die Kinder waren bereits schlafen gegangen. Gut so. Sie schlich in das Badezimmer im unteren Stockwerk und beseitigte die Spuren der Nacht. Llois blickte in den Spiegel und betrachtete ihren Hals. Angewidert strich sie in Gedanken über die Stelle, an der Henry sie berührt hatte. Sie nahm eine heiße Dusche, legte sich ein Badetuch um und stand minutenlang einfach so da.

Sie zog einen frischen Pyjama an und ging zum großen Wandschrank im Wohnzimmer, wo Pauls Pistole inzwischen ihren Platz gefunden hatte. Llois versicherte, dass sie geladen war und steckte sie kurzerhand in die Seitentasche ihres Oberteils. Danach ging sie nach oben und legte sich neben Paul in das Ehebett.

Er grummelte kurz etwas, seine Hand tastete nach ihr. Dann drehte er sich um und schnarchte.

Llois zog sich die Decke bis an das Kinn und winkelte die Beine an. So schlief sie in den frühen Morgenstunden ein.

Stimmen weckten sie. Llois Kopf dröhnte und es dauerte eine ganze Weile, bis sie aus dem undeutlichen Gemurmel Pauls Stimme erkannte. Er sprach mit einem Mann, wie es schien. Llois öffnete die Augen. Sie lag noch immer so, wie sie eingeschlafen war.

Die Vorhänge waren aufgezogen und das Schlafzimmer wurde von Sonnenschein durchflutet. Mühsam schwang sie ein Bein nach dem anderen aus dem Bett und blieb für eine Minute auf der Bettkante sitzen. Mit einem Kontrollgriff stellte sie sicher, dass sich Pauls Pistole noch immer in ihrer Pyjamatasche befand. Llois dachte daran, wie Paul sie einmal zu Schießübungen mitgenommen hatte. Sie traute sich zu, im Notfall mit der Waffe umgehen zu können.

Mit diesem Gedanken stand sie auf und ging an das Fenster herüber. Sie schob die dünne Gardine beiseite und öffnete das Fenster.

Jason und Justin rannten in diesem Augenblick lachend und lärmend zum See hinunter.

Paul unterhielt sich noch immer draußen von dem Haus mit einem Unbekannten. Plötzlich fiel ihr ein, dass heute Sonntag sein musste und Paul jemanden eingeladen hatte. Wie war gleich sein Name? Duval, hatte Paul gesagt. Sie war sich ziemlich sicher. Gleichzeitig fluchte sie in Gedanken. Sie war auf Besuch nicht vorbereitet. Verdammt, sie hatte ihre Familie und den Haushalt in den letzten Tagen geradezu sträflich vernachlässigt.

Die Stimmen von unten verlagerten sich. Die Männer gingen nach draußen.

Llois trat noch näher an das Fenster heran und spähte hinunter. Sie sah Paul in seiner dicken Herbstjacke, wie er auf der Stelle trat und lächelnd in Richtung des Hauses blickte, wo sich der andere aufhielt. Llois' Blicke wanderten das Holzgeländer entlang, das das Haus umrandete und im Eingangsbereich in zwei mächtigen Pfosten mündete.

Auf dem Geländer lag eine Hand. Und an dieser Hand steckte unverkennbar ein auffälliger Ring.

Llois stieß einen erstickten Schrei aus. Es war der Ring, den Henry Andergast vor einigen Tagen im Bootshaus gefunden hatte.

Sie rannte los. Während sie die Treppe hinunterstürmte, zerrte sie die Pistole hervor und entsicherte sie im Hausflur. Die Tür stand offen. Llois lief ins Freie und prallte dort mit Paul zusammen.

„Wo ist er?“, schrie sie ihn an.

Paul machte ein überraschtes Gesicht. Sein Blick fiel auf die Waffe in ihrer Hand.

„Was ... wen meinst du?“

„Mr. Duval, Henry Andergast oder wer immer eben hier unten bei dir war!“

Paul starrte sie fassungslos an. Seine Blicke fanden keinen ruhenden Pol. „Mr. Duval ist mit den Kindern zum See hinunter gegangen. Er hat ihnen versprochen, vor dem Essen mit ihnen raus zu fahren. Aber was hat dieser Andergast damit zu tun? Was ist hier überhaupt los, Llois?“

Llois hörte ihm nicht mehr zu. Die Kinder! Dieser irre Mörder war mit ihren Söhnen dort unten beim Bootshaus. Sie durfte keine Sekunde mehr verlieren. Im Laufen drehte sie sich noch einmal zu Paul um. „Dieser Duval – hat er zufällig nur einen Arm?“

„Ja“, gab Paul zurück. Er war inzwischen mehr als nur irritiert. „Aber ... was hat das alles zu bedeuten?“

Llois war bereits weiter gerannt. Mehr als einmal glitt sie in ihren Hausschuhen beinahe auf dem Herbstlaub aus, doch es gelang ihr jedes Mal, die Balance zu halten. Sie hastete den Kiesweg entlang und erreichte das verkohlte Bootshaus nur ein paar Sekunden später.

Ihre Blicke irrten suchend umher. Hastig sog sie die kalte Luft ein, als sie das kleine Boot sah, dass soeben vom Steg abgelegt hatte. Im Bug erkannte sie die beiden Blondschöpfe von Jason und Justin.

Vor ihnen hatte sich ein Mann aufgebaut, den sie inzwischen nur allzu gut kannte. Anstelle seines Regenzeugs trug er einen grauen Anzug aber auch hier blieb der rechte Ärmel leer. Andergast stand im Boot und hielt die Balance. Als Llois den Steg erreichte, drehte er sich zu ihr um.

Sie bildete sich ein, selbst über diese Distanz ein Funkeln in seinen Augen zu erkennen.

Andergast verzog seinen Mund zu einem bösen Lächeln, während das Boot weiter auf den See hinaustrieb.

„Neiiin“, schrie sie. Ihre Füße hämmerten über den Steg. Als sie sein Ende erreichte, war das Boot etwa fünfzehn Meter von ihr entfernt. Unerreichbar weit.

Andergast stand noch immer in der Mitte des Bootes. Er hatte jetzt eines der Ruder in die Hand genommen und schwenkte es bedrohlich über den Köpfen ihrer Söhne.

Llois hob den rechten Arm, legte die Pistole an und schoss.

Das Geräusch des Schusses hallte über den See. Irgendwo neben ihr stiegen Vögel aufgeregt in die Luft. Zunächst hatte es den Anschein, als wäre ansonsten nichts passiert.

Dann jedoch krümmte sich der Mann im Boot zusammen. Das Ruder fiel ihm aus der Hand und rutschte über Bord.

Sie hörte die beiden Jungen schreien. Justin war aufgesprungen und brachte das kleine Boot an den Rand des Kenterns. Andergast gelang es, sich noch einmal zu ihr umzudrehen. Er hatte sich beide Hände vor den Bauch gepresst. Dann kippte er einfach vornüber und landete im See. Das Wasser spritzte kaum, so als hätte er einen vollendeten Kopfsprung ausgeführt.

Im nächsten Augenblick war Henry Andergast verschwunden.

Llois' Arm sank langsam herab. Die Pistole glitt aus ihrer Hand und landete polternd auf dem Steg.

Schritte kamen rasch heran. Llois hörte sie dumpf wie durch einen unsichtbaren Vorhang.

„Llois, mein Gott, was hast du getan?"

Paul griff sie grob bei den Schultern und drehte sie herum. Er schüttelte sie und wiederholte dabei mehrfach seine Frage.

„Die Kinder", sagte sie tonlos. „Du musst die Kinder holen. Justin kann nicht schwimmen."

Damit sank sie auf die Knie.

Paul stieß einen verzweifelten Schrei aus, als er das schwankende Boot sah, das nun fast in der Mitte des Sees dümpelte.

Llois nahm am Rande wahr, dass Paul sich die Jacke vom Leib riss. Seine Schuhe flogen auf den Steg, seine Hose folgte. Nur mit Unterwäsche bekleidet, sprang er in den See.

Was die nächsten Tage folgte, war für die Familie Landor ein einziger Horror. Schreiende Kinder, die mehrfach nachts einen Alptraum durchmachten, der sie nie wieder ganz verlassen würde. Paul hatte sich eine Lungenentzündung zugezogen, verbrachte mehrere Tage im Krankenhaus, bevor er in seinem eigenen Heim von Dr. Gardener strenge Bettruhe verordnet bekam. Einzig für Llois war der Fluch des Henry Andergast vorbei. Er ruhte am Grunde des Sees und Llois hoffte inständig, dass es diesmal für immer war.

Am Tag des tragischen Zwischenfalls wimmelte es plötzlich von Beamten der Royal Canadian Mounted Police. Die Ermittlungen leitete Superintendent Mitchell, ein drahtiger Mann Anfang 50, mit brünettem Bürstenschnitt, der an den Schläfen bereits in ein leichtes Grau überging.

Llois ließ alle Verhöre geduldig über sich ergehen. Über Dr. Gardener wurde ihnen ein Rechtsanwalt vermittelt, der einschritt, sofern sich die Beamten zu weit vorwagten. Ihm war es zu verdanken, dass Llois nicht sofort verhaftet wurde.

Ihm und ein Umstand, der den Toten betraf.

Superintendent Mitchell besuchte Llois am nächsten Tag und zeigte sich wider Erwarten von seiner freundlichen Seite, nachdem er tags zuvor recht ruppig agiert hatte.

Er drückte Llois die Hand, als er eintrat.

„Mrs. Landor“, sagte er, „wie es aussieht, muss ich mich bei Ihnen entschuldigen. Ich habe sie gestern ein wenig grob angefasst.“

Llois winkte ab. Sie hatte das Gefühl, dass sich nun doch noch alles zum Guten wenden würde. Sie bot Mitchell einen Platz im Wohnzimmer an, in dem noch immer die blaue Folie die zerbrochene Glastür verdeckte.

„Wir haben Neuigkeiten von Ihrem Henry Andergast“, nahm Mitchell das Gespräch wieder auf.

Llois setzte sich und sah ihn aufmerksam an. „Ja?“

Mitchell erwiderte ihren ernsten Blick. „Mrs. Landor, der Mann, der sie verfolgt hat und der ... nun, der gestern ums Leben gekommen ist, war nicht Henry Andergast. Sein Name war Derek Summers, ein Mann, nach dem wir schon seit Langem suchen. Er galt als gefährlich und hat, soweit es die Akten ergeben, bereits mehrere Menschen getötet.“

Llois starrte den Beamten an und schüttelte den Kopf. „Das kann nicht sein“, sagte sie entschieden. „Warum hat er sich mir gegenüber als Henry ausgegeben? Und warum sieht er dem Mann auf dem Foto so ähnlich? Ich hätte schwören können ...“

„Wir wissen leider nicht, was er wirklich bezweckt hat, Mrs. Landor. Vielleicht hat er seine Ähnlichkeit zum verstorbenen Henry Andergast ausgenutzt, um Ihnen zusätzliche Angst einzujagen. Sie müssen sich aber von dem Gedanken befreien, dass es sich um Andergast handelte. Wir haben Summers heute Morgen aus dem See bergen lassen. Wenn es Ihnen persönlich hilft, können Sie ihn sich im Leichenschauhaus ansehen. Ich würde Ihnen das aber nicht unbedingt raten. Ich sage Ihnen das nur, damit Sie wissen, dass der Mann wirklich tot ist. Der Spuk ist vorbei, Mrs. Landor."

Für eine ganze Weile sagte Llois nichts. Dann stand sie langsam auf und ging im Wohnzimmer auf und ab. Fragen über Fragen türmten sich in ihrem Kopf auf, bis er zu zerspringen drohte.

„Ich habe keinen Grund, Ihnen nicht zu glauben. Ich danke Ihnen, Mr. Mitchell."

Der Superintendent erhob sich lächelnd. Es schien, als habe er es plötzlich eilig das Haus zu verlassen. Er wünschte Llois und ihrer Familie alles Gute. Er verschwand aus ihrem Leben, ebenso wie all die übrigen Beamten, Feuerwehrleute, Taucher

und die sonstigen Einsatzkräfte, die ihr Grundstück in einen Jahrmarkt verwandelt hatten.
Es wurde wieder still und wenngleich auch Llois noch in jeder Nacht schweißgebadet aufwachte, so spürte sie doch, dass sich ihr Zustand allmählich besserte.

Einige Wochen später glaubte sie, ein Geräusch gehört zu haben. Sie hatte bis dahin schlecht geschlafen und sich von einer Seite auf die andere geworfen. Die Leuchtziffern ihres Weckers verrieten ihr, dass es kurz nach halb drei war.
Sofort meldete sich ihre Blase zu Wort, eine Eigenart, die sie früher nicht gekannt hatte. Llois seufzte und blickte kurz zu Paul hinüber, der sich in seine zwei Bettdecken gehüllt hatte. Sein Atem ging wieder gleichmäßig, ohne ständige Hustenattacken.
Llois erhob sich und schlich aus dem Schlafzimmer, vorbei an den Zimmern der Jungen. Die Treppe knarrte ein wenig, doch im Laufe der Zeit hatte sie gelernt, welche Stufen sie meiden musste, damit sich die Geräusche in Grenzen hielten.
Unten angekommen steuerte sie zielsicher das Bad an. Llois betätigte den Lichtschalter und hatte sofort das Gefühl, das

hier etwas nicht in Ordnung war. Ihr fiel zunächst ein Geruch auf, der hier nicht hergehörte. Nur schwach lag er in der Luft, doch für eine feine Nase deutlich wahrnehmbar. Als sie auf den Spiegel sah, prallte sie erschrocken zurück. Jemand hatte ihr (und offenbar nur ihr) eine Nachricht hinterlassen. Sie war mit ihrem eigenen Lippenstift geschrieben: Treffe Sie im Bootshaus. Allein. Henry.

Llois starrte auf den Lippenstift, der noch geöffnet auf der Ablage vor dem Wandspiegel lag. Für einen Augenblick drohte sie in Panik zu verfallen. Rückwärts taumelte sie aus dem Bad. Ihre Gedanken drehten sich um die Kinder. Wer auch immer hier im Bad gewesen sein mochte, hätte mit Leichtigkeit auch jeden anderen Raum betreten können.

Llois eilte über den Flur zur Tür der beiden Jungen, die sich noch ein Zimmer teilten. Sie vergewisserte sich, dass die beiden ruhig schliefen.

Zurück ins Wohnzimmer. Sie öffnete die Schranktür und griff in das oberste Regal. Pauls Waffe war weg. Llois Gedanken überschlugen sich. Hatte Paul sie selbst genommen, nachdem Llois den anderen damit erschossen hatte? Gab es eine andere Möglichkeit?

Sie sah sich verzweifelt um. In der Küche nahm sie sich ein Fleischmesser aus dem Holzblock, zog sich eine Jacke über und trat vor die Tür. Sie achtete darauf, kein Licht zu machen und so wenig Geräusche wie möglich zu verursachen.

Sie überlegte. Es gab nur einen einzigen Weg zum Bootshaus hinunter und das wusste Henry, oder wer immer dort unten auf sie warten mochte. Für ein paar Sekunden zögerte sie. Noch war Zeit, Paul zu wecken. Verdammt, noch war für alles mögliche Zeit.

Dennoch verwarf sie alle Möglichkeiten, fasste das Messer fester und setzte sich in Bewegung. Das hier war zu einer Sache zwischen ihr und Henry geworden.

Doch dieses Mal würde sie sich nicht übertölpeln lassen. Im Licht des Vollmondes folgte sie zunächst den Fußspuren, die der andere vor kurzem hier hinterlassen hatte. Das war die Gewissheit, die sie brauchte, um sicherzugehen, dass tatsächlich jemand im Bootshaus war. Wenn sie ihre Augen nicht täuschten, dann schimmerte zwischen den geborstenen Wänden sogar ein Lichtschein hindurch.

Llois verließ den Weg, der zum See hinunter führte und wählte stattdessen den Pfad über den Rasen, der in einen dicht bewachsenen Ring aus Bäumen mündete. Dort wurde das Gelände langsam abschüssig und nebenbei auch rutschig. Sie musste Acht geben, nicht zu fallen.

Was sie vorhatte, war nackter Wahnsinn aber sie spürte, dass es nur diese eine Lösung gab, sich ein für alle Mal von diesem Spuk zu befreien.

Sie tauchte ihr rechtes Bein zuerst in das eiskalte Wasser und widerstand dem Reflex, es sofort wieder zurückziehen zu wollen. Ihr linkes Bein folgte und schon bald stand sie bis zur Hüfte im dunklen See. Dann gab sie sich einen Ruck und ließ auch ihren Oberkörper hineingleiten. Sie spürte, wie sich ihre Muskeln verhärteten. Sie atmete hektisch und beruhigte sich erst nach und nach. Die ersten Schwimmzüge waren getan und sie bewegte sich weiter und weiter vom Ufer weg. Jetzt war sie schutzlos, doch sie hoffte darauf, dass Henry nicht erwartete, dass sie sich von der Wasserseite näherte.

Das Bootshaus kam in Sicht. Sanft glitt sie durch das Wasser. Sie erreichte die erste der sechs gewaltigen Bohlen, auf denen das Bootshaus errichtet worden war. Jetzt befand sie sich im Schutz des Gebäudes und glitt geräuschlos zur zweiten Bohle hinüber. Dort verharrte sie einen Moment und achtete auf

Geräusche aus dem Innern. Sie war sich ziemlich sicher, Schritte über ihr gehört zu haben.

Die dritte Bohle war geschafft und Llois tastete nach dem Griff des Messers, das sie sich kurzerhand unter den Bund ihrer Pyjamahose gesteckt hatte.

Llois stieß sich von der Bohle ab und ließ sich zu der Leiter gleiten, die auf der Hinterseite des Bootshauses ins Wasser ragte. Daneben lag das Boot vertäut.

Llois hielt sich an dem Metallgeländer fest und zog sich daran aus dem Wasser. Ihre Zähne schlugen aufeinander, doch zugleich war sie auch von einer nie gekannten Anspannung erfüllt. Sie wusste, dass jemand im Bootshaus war und dass sie der Auflösung des Rätsels um Henry Andergast noch nie so nahe gewesen war.

Noch fünf Sprossen, dann hatte sie den Steg erreicht, der rund um das Bootshaus verlief. Ihr kam zugute, dass das Feuer auf dieser Seite nicht so stark gewütet hatte, wie im Vorderbereich.

Sie tastete sich an die Rückwand heran. Noch immer lag der Brandgeruch in der Luft. Wasser tropfte von ihr herunter auf die Planken. Links neben ihr befand sich ein Spalt, der gerade breit genug war, um einen Blick in das Innere zu werfen. Llois riskierte es. Und tatsächlich erblickte sie eine Gestalt, die ihr den Rücken zukehrte. Sie trug einen langen grauen Mantel und hatte den Kragen hochgeschlagen.

Im Innenraum flackerte eine einzelne Kerze. Llois zog das Messer langsam hervor.

Während sie noch überlegte, wie sie unbemerkt hineingelangen konnte, passierte es: Schritte auf dem Bootssteg. Hastige Schritte, die sich rasch näherten.

Die Ereignisse überschlugen sich.

Llois erkannte, wie sich die Gestalt duckte und die Kerze ausblies. Gleichzeitig ertönten vom Bootssteg Rufe.

Llois erkannte Paul an seiner Stimme. „Nein“, flüsterte sie. Sie stürmte los, nach rechts, auf den Steg hinaus. In diesem Augenblick wusste sie bereits, dass sie zu spät kommen würde. Paul war geradewegs in die Falle gelaufen.

Ein dumpfes Geräusch ertönte und fast gleichzeitig ein überraschter Aufschrei. Etwas Schweres fiel im Innern des Hauses zu Boden.

Llois warf alle Vorsichtsmaßnahmen über Bord. Sie sprang durch die Türöffnung und hielt das Messer am ausgestreckten rechten Arm.

Der Mann im grauen Mantel hielt ein ausrangiertes Ruder in der Hand. Er stand noch immer in der leicht gebückten Haltung, in der er Paul niedergeschlagen hatte.

Ihr Mann lag am Boden und blutete stark aus einer Kopfwunde. Llois konnte nicht sagen, ob er noch am Leben war.

Der andere bäumte sich zu voller Größe auf.

Llois starrte in ein ihr unbekanntes Gesicht. Ihre Blicke irrten zwischen Paul und ihm hin und her, blieben letztlich aber an dem Fremden haften, von dem eine nahezu greifbare Gefahr ausging.

„Wer sind Sie?", fragte Llois und achtete darauf, den anderen mit der Messerspitze auf den größtmöglichen Abstand zu halten.

Der andere lachte. Dann tat er etwas Ungewöhnliches: Er wechselte das Ruder in die rechte Hand und förderte aus seiner linken Manteltasche ein Bonbon zutage. Betont

langsam wickelte er es aus und zerknüllte das kleine Papier in seiner Hand, bevor er es achtlos zu Boden warf.
So banal diese Szene war, so sehr versetzte sie Llois in Erschrecken. Das Rascheln des Papiers. Wo hatte sie es zuletzt gehört?
Plötzlich kam ihr die Erkenntnis. An dem Tag, als Paul und die Kinder mit der Fähre herübergekommen waren und sie die unheimlichen Anrufe von Henry Andergast erhalten hatte, war das Rascheln ebenfalls zu hören gewesen.
„Sie haben mich angerufen, nicht wahr? Sie waren es, diesen Mann auf mich gehetzt hat, der sich für Henry Andergast ausgegeben hat."
Der andere nickte. Noch immer hatte er kein Wort gesprochen.
Llois sah ihn hasserfüllt an. „Wer sind Sie? Antworten Sie."
„Miller", gab der andere zurück. „Stephen Miller. Aber der Name ist für Sie bedeutungslos."
In Llois arbeitete es. Stephen Miller hieß der Mann vom Maklerbüro, mit dem sie den Kauf des Hauses telefonisch ausgehandelt hatten. Jetzt erkannte sie auch seine Stimme.

Erst vor kurzem hatte sie ihn angerufen, um ihn zu den Andergasts zu befragen.

„Aber warum das alles?“, fragte sie. „Warum wollten Sie uns umbringen?“

Miller schürzte die Lippen und sah sie abschätzend an.

„Wir wollten den Ring von Henry Andergast“, begann er. „Doch was zunächst ganz einfach schien, gestaltete sich als schwierig. Sehen Sie, ich wusste, dass der Ring hier irgendwo sein musste. Es gab viele Gerüchte um die Andergasts. Es hieß, die verrückte Greta habe ihrem Mann die rechte Hand abgehackt. Kurz darauf ertrank Henry Andergast und es hieß, die Alte habe den Ring als Souvenir aufbewahrt. Als Greta Andergast Jahre später das Zeitliche segnete, bekam ich von meiner Firma den Auftrag, das Haus hier mit Hochdruck an den Mann zu bringen. So blieb mir keine Zeit, nach dem wertvollen Stein zu suchen. Natürlich war ich dabei, als das Haus geräumt wurde. Zum Teufel, ich habe sogar selbst mit Hand angelegt und in jedem Winkel nach dem verfluchten Ring gesucht. Er war nirgends zu finden. Leider habe ich dabei nicht an das Bootshaus gedacht. Als mir der Gedanke kam, dass er nur dort sein könne, hatten Sie sich das Haus bereits unter den Nagel gerissen und ich konnte nichts tun, um den Kauf noch weiter zu verzögern. Ich musste meine Suche also wohl oder übel fortsetzen, während sie bereits hier einzogen. Sie konnten es ja im Übrigen gar nicht schnell genug an sich reißen."

Llois schüttelte fassungslos den Kopf. „Aber Sie hätten doch...", setzte sie an.

Miller unterbrach sie sofort. „Was hätte ich? Sie hätten den Ring doch niemals freiwillig herausgerückt, wenn Sie nur den halben Wert erfahren hätten. Also musste ich zu einer List greifen. Ich heuerte diesen Summers an, von dem ich wusste, dass er sich für keine schmutzige Arbeit zu schade ist. Wir wollten Ihnen anfangs nur ein bisschen Angst einjagen, um Sie von hier zu vertreiben. Aber Sie mussten ja gleich auf eigene Faust recherchieren und dann auch noch den Zeitungsfritzen auf uns ansetzen. Da blieb uns keine andere Wahl mehr, als alle Mitwisser zu liquidieren."

„Aber Sie haben den Ring doch bekommen", rief Llois zornig. „Warum haben Sie dann immer noch weiter gemacht?"

Miller lächelte überlegen. „Weil dieser Ring nur ein Bruchteil von dem ist, was vermutlich noch irgendwo unten auf dem Grund des Sees liegt. Der alte Andergast hat sich nie gefragt, woher der Stein kam, der sich in den Magen seines verdammten Fischs verirrt hat. Das war nämlich kein so großer Zufall, wie man vielleicht denken möchte. Nur war Henry Andergast zu dämlich, um selbst auf den Gedanken zu kommen..“ Plötzlich fing Miller laut zu lachen an. „Ja, wenn Sie so wollen ist auf dem Grund des Sees ein echter Schatz versteckt. Wer ihn findet, hat für den Rest seines Lebens ausgesorgt.“

Llois machte ein verächtliches Geräusch. „Sie sind ja vollkommen wahnsinnig.“

Das Lächeln auf Millers Lippen erstarb augenblicklich. „Wenn Sie meinen.“

„Und was haben Sie nun vor?“, wollte Llois wissen.

„Ich sehe keinen Grund, von meinem Plan abzulassen“, entgegnete Miller und hob das Ruder unmerklich in die Höhe.

Llois streckte die Hand mit dem Küchenmesser weiter vor.

In einer unglaublich schnellen Bewegung schlug Miller es ihr aus der Hand.

Mit einem klirrenden Geräusch landete es irgendwo in der hinteren Ecke des Bootshauses.

Llois fluchte. Der andere hatte schon wieder gesiegt und diesmal gab es kein Entrinnen mehr.

Miller holte zu seinem letzten Schlag aus.

Da passierte es. Zuerst war nur ein leises Knacken zu hören. Dann wiederholte sich das Geräusch, vervielfältigte sich, bis es wie ein Maschinengewehr im Dauerfeuer anhörte.

Das Bootshaus brach auseinander. Offenbar hatte das Feuer doch einen größeren Schaden angerichtet, als sie bisher alle angenommen hatten.

Noch ehe Miller reagieren konnte, brachen die Bohlen auf der rechten Seite nacheinander weg. Aus der Dachkonstruktion löste sich gleichzeitig ein Balken und sauste auf sie herab.

Während Llois sich mit einem Sprung zur Seite das Leben rettete, wurde Miller von dem Balken erfasst und begraben. Sein erschrockener Aufschrei wurde erstickt.

Dann, langsam aber beständig, kippte das ganze Haus zur Seite weg.

Noch in dieser Bewegung machte Llois kehrt und sprang auf den Steg hinaus, der bereits von dem zusammenstürzenden Haus mitgerissen wurde.

Llois jagte über die Bohlen hinweg, auf das rettende Ufer zu. Hinter ihr krachte und knirschte es. Der Steg wurde auf die Seite gerissen, doch Llois hatte bereits durch einen verzweifelten Sprung die Böschung erreicht. Sie schlug lang hin und war für einen Moment benommen.

Dann drehte sie sich langsam auf den Rücken, gerade noch rechtzeitig, um mitzuerleben, wie das Bootshaus im See versank. Nach wenigen Sekunden waren nur noch zwei der massiven Tragesäulen auf der linken Seite übrig, die wie stumme Mahnmale in den Himmel ragten.

Llois widerstand dem Wunsch, sich zurücksinken zu lassen. Kraftlos und frierend stand sie auf und trat an das Ufer.

Paul. Sie hoffte, dass er nach dem Schlag mit dem Ruderblatt bereits tot gewesen war.

Drei Menschen hatte der See nun bereits verschluckt und würde vermutlich keinen einzigen von ihnen je wieder hergeben.
Und wer wusste schon, welche Geheimnisse er sonst noch barg? Als sie so dalag, war ihr klar, dass sie das Haus wieder verkaufen würde.
Doch es kam anders. Zwei Tage später hatte sich Llois gesundheitlich so weit erholt, dass sie wieder bei Kräften war.
Sie telefonierte nach Port Whales und beauftragte eine Firma damit, das Bootshaus an der alten Stelle wieder aufzubauen. Sie hatte das Gefühl, es dem alten Haus schuldig zu sein. Immerhin hatte es ihr das Leben gerettet.
Im folgenden Sommer besuchte sie eine Taucherschule, immer wenn die beiden Jungen in der Schule waren. Sie ließ sich gründlich ausbilden und legte sich eine eigene Taucherausrüstung zu.
Sie stand am Steg des Bootshauses, das größer und eleganter als je zuvor wirkte, überprüfte ihre Instrumente und ließ sich langsam in das Wasser hinab. Es gab ein paar Geheimnisse zu ergründen.

- ENDE -

Der Autor: Marc Freund

Marc Freund wurde 1972 in Flensburg geboren und wuchs in Osterholz an der Ostsee auf.

Im Alter von 16 Jahren veröffentlichte er seine erste Kurzgeschichte im Bastei-Verlag.

Marc Freund hat sich seit 2010 vor allem in der deutschen Hörspielszene einen Namen gemacht und ist dort erfolgreich für mehrere Verlage/Labels als Autor tätig. Zu seinen Arbeiten gehören Beiträge für die Serien „Lady Bedfort", „Edgar Wallace", „Sherlock Holmes: Die neuen Fälle", „Professor van Dusen: die neuen Fälle", „Jules Verne: die neuen Abenteuer des Phileas Fogg", „Geister-Schocker", „Gespenster-Krimi", „Pater Brown", „Charlie Chan" und „MindNapping".

Seit 2010 schreibt er die Krimi-Serie „Dr. Cornelius Stahl - Mörderische Abgründe", die als eBook und als Hörbuch im Roegelsnap Buch- und Hörbuchverlag erscheint.

Sein erstes selbst inszeniertes Hörspiel „Freifahrt" erreichte im April 2012 beim Literaturwettbewerb des Timmendorfer Strandes den 2. Platz.
Einige seiner Hörspielbearbeitungen wurden an Berliner Theaterbühnen und live im Hauptstadtradio Berlin aufgeführt.

Im März 2013 folgte die Veröffentlichung seines ersten Kriminalromans „Das Haus am Abgrund - ein Ostsee-Krimi" im Boyens-Verlag, Heide. Dem Erstling folgten die Romane „Endstation Steilküste" (2014), „Knickgeflüster" (2016), „Mühlenmord" (2017) und „Schattenstrand" (2018).

Seit Anfang 2015 ist Marc Freund Mitglied im neuen Autorenteam der berühmten Heftromanserie „Geisterjäger John Sinclair" des Bastei Lübbe-Verlages.

www.ingramcontent.com/pod-product-compliance
Lightning Source LLC
La Vergne TN
LVHW041453190726
843491LV00008B/2351

9783864225536